Die Dame mit den grünen Augen

Augen

Ein Abenteuer mit Arsène Lupin

Maurice Leblanc

Die Dame mit den grünen Augen

Ein Abenteuer mit Arsène Lupin

Überarbeitung und Korrekturen: Null Papier Verlag
Übersetzung: Hans Jacob
Published by Null Papier Verlag, Deutschland
EV: Th. Knaur Nachf., Berlin, 1927 (254 S.)
Copyright © 2018 by Null Papier Verlag
1. Auflage, ISBN 978-3-962814-23-6
null-papier.de/586

null-papier.de/katalog

.

Raoul de Limézy spazierte heiter über die Boulevards, wie ein glücklicher Mensch, der nur um sich zu sehen braucht, um sich an den bezaubernden Schauspielen des Lebens zu erfreuen, und am leichten Frohsinn, dessen Abbild Paris an manchen Apriltagen ist. Er war mittelgroß und hatte eine schmale, aber trotzdem kraftvolle Gestalt. Man sah ihm kräftige Muskeln und einen machtvoll gewölbten Brustkasten an. Schnitt und Farbe seiner Kleidung kennzeichneten den Mann, der auf die Wahl der Stoffe Wert legt.

Gerade als er am Gymnase vorbeiging, hatte er den Eindruck, dass ein Herr, der neben ihm ging, einer Dame folgte; der Eindruck sollte sich sogleich bestätigen.

Nichts schien Raoul komischer und belustigender als ein Herr, der einer Dame nachsteigt.

Er folgte also dem Herrn, der der Dame folgte, und alle drei gingen hintereinander in gemessenen Abständen über die Straße.

Nur ein erfahrener Mann, wie der Baron Limézy, konnte erkennen, dass der Herr die Dame verfolgte, denn der Verfolger ging äußerst diskret zu Werke. Raoul de Limézy war ebenso diskret und mischte sich unauffällig unter die Menge, um die beiden Menschen genau ins Auge zu fassen.

Von hinten gesehen fiel bei dem Herrn unter dem Hutrand die Fortsetzung eines untadeligen Scheitels auf, der die schwarzen, pomadisierten Haare bis in den Nacken teilte, ebenso untadelig war seine Kleidung, die seine breiten Schultern und seinen Wuchs vortrefflich zur Geltung kommen ließ. Von vorn gesehen bot er ein korrektes Gesicht, das einen zartrosa Teint hatte und mit einem gepflegten Barte geziert war. Etwa dreißig Jahre alt. Sehr sicherer Gang. Gewichtigkeit in allen Bewegungen. Trotzdem etwas gewöhnliches Aussehen. Ringe an den Fingern. Zigarette mit Goldmundstück im Mund.

Raoul ging schneller. Die Dame war groß, resolut, von guter Haltung und setzte zwei derbe Füße auf das Pflaster, für deren Anblick zierliche und zarte Gelenke entschädigten. Das Gesicht war sehr schön, herrliche blaue Augen und schwere blonde Haare. Die Vorübergehenden blieben stehen und sahen sich um. Sie schien der spontanen Huldigung der Masse gegenüber gleichgültig zu bleiben.

Teufel, dachte Raoul, die reinste Aristokratin! Sie verdient Besseres als diesen Pomadenburschen, der ihr nachsteigt! Was mag der nur wollen? Der eifersüchtige Ehemann? Ein abgewiesener Bewerber? Oder ein Geck, der ein Abenteuer sucht? Das wird es wohl sein. Dieser Mann sieht mir ganz danach aus wie einer, der sein Glück sucht und sich für unwiderstehlich hält.

Sie überschritt den Opernplatz, ohne sich um die Masse der Fahrzeuge zu kümmern. Ein Lastwagen mit Pferden versperrte den Durchgang. Sie packte die Zügel und riss eines der schweren Pferde beiseite. Wütend sprang der Kutscher von seinem Sitz, näherte sich ihr bedrohlich und schimpfte; ein kleiner, aber wohlgezielter Faustschlag, den sie ihm versetzte, brachte ihn mit Nasenbluten zur Strecke.

Ein Polizist näherte sich, um Feststellungen zu machen; sie drehte ihm den Rücken und ging in aller Ruhe davon. Auf dem Boulevard Haussmann betrat sie eine Konditorei, und Raoul sah von weitem, dass sie sich an einen Tisch setzte. Da der Herr, der ihr gefolgt war, die Konditorei nicht betrat, tat Limézy es an seiner Stelle; er setzte sich so, dass sie ihn nicht bemerken konnte.

Sie bestellte Tee und vier Toasts, die sie mit ihren herrlichen Zähnen zermalmte.

Ihre Nachbarn sahen sie an. Sie ließ sich nicht stören und bestellte sich vier weitere Toasts. Aber eine zweite junge Frau, die etwas weiter fort saß, erregte ebenfalls die Neugierde der

Gäste. Blond, wie die Engländerin, war sie zwar nicht so reich, dafür aber mit desto besserem, echt Pariser Geschmack angezogen; um sie herum standen drei ärmlich gekleidete Kinder, an die sie Kuchen und Limonade austeilte. Sie mochte sie wohl vor der Tür aufgetrieben haben. Und kindlicher als die Kinder, machte die Freude, die sie bereitete, ihr offensichtliches Vergnügen.

Zwei Dinge machten auf Raoul sofort einen starken Eindruck: die glückliche und natürliche Heiterkeit ihres Antlitzes und die starke verführerische Kraft zweier großer grüner Augen, die, jadefarben mit goldenen Streifen, den Blick, der ihnen einmal begegnet war, nicht wieder losließen.

Solche Augen sind für gewöhnlich sonderbar, melancholisch oder nachdenklich; so mochte auch der gewöhnliche Ausdruck dieser Augen sein. Jetzt aber strahlten sie vor Lebensfreude, wie das ganze Gesicht, wie der maliziöse Mund, die bebenden Nasenflügel und die Wangen mit den Grübchen des Lächelns.

Höchste Freude oder tiefster Schmerz, einen Mittelweg gibt es für solche Geschöpfe nicht, sagte sich Raoul, der in sich die plötzliche Sehnsucht aufsteigen fühlte, diese Freude zu bewirken oder diesen Schmerz zu bekämpfen.

Er wandte sich wieder der Engländerin zu. Sie war wirklich schön. Von jener machtvollen Schönheit, die aus Gleichgewicht, Ebenmaß und Abgewogenheit besteht. Aber die Dame mit den grünen Augen bezauberte ihn stärker.

Trotz seines wachgerufenen Interesses zögerte er, als sie ihre Rechnung bezahlte und mit den drei Kindern aufbrach. Sollte er ihr folgen? Oder bleiben? Wer war stärker? Die grünen Augen? Oder die blauen?

Er erhob sich plötzlich, warf einen Geldschein auf den Tisch und ging hinaus. Die grünen Augen siegten.

Draußen bot sich ihm ein sonderbares Schauspiel: die Dame mit den grünen Augen unterhielt sich vor der Tür mit dem

Geck, der vor einer halben Stunde der Engländerin als schüchterner oder eifersüchtiger Liebhaber nachgestiegen war.

Eine von beiden Seiten überstürzt geführte Unterhaltung schien schon eher ein Streit zu sein. Man konnte deutlich erkennen, dass das junge Mädchen weitergehen wollte und der Herr sie daran hinderte. Dieser Tatbestand war so deutlich, dass Raoul im Begriff war, dazwischenzutreten.

Er hatte keine Zeit mehr dazu. Ein Auto hielt vor der Konditorei. Ein Herr stieg aus; als er die Szene auf dem Bürgersteig sah, hob er seinen Stock und schlug dem Geck den Hut vom Kopf.

Der wich erst bestürzt zurück, dann jedoch stürzte er sich ohne Rücksicht auf die Menschenmassen, die sich bereits ansammelten, auf den Gegner:

»Sie sind wohl irrsinnig geworden«, stammelte er.

Der Angreifer, der kleiner und älter war, hob abermals den Stock und schrie:

»Ich habe Ihnen verboten, mit diesem jungen Mädchen zu sprechen. Ich bin ihr Vater und Sie sind ein Schuft, ich wiederhole, ein Schuft!«

Beide zitterten vor Hass. Der Geck nahm sich noch einmal zusammen und wollte sich auf seinen Gegner stürzen, den das junge Mädchen beim Arm packte und zum Taxi zu drängen versuchte. Es gelang ihm, sie zu trennen und den Stock des Herrn zu packen, da sah er sich plötzlich von Angesicht zu Angesicht einem Kopfe gegenüber, der zwischen ihm und seinem Gegner auftauchte, einem unbekannten sonderbaren Kopfe, dessen rechtes Auge nervös blinzelte und in dessen ironisch verzogenem Munde eine Zigarette hing: es war Raoul, der sich aufrichtete und mit rauer Stimme sagte:

»Darf ich Sie um Feuer bitten?«

Eine wirklich unangebrachte Bitte! Was wollte dieser aufdringliche Mensch? Der Geck setzte sich zur Wehr:

»Lassen Sie mich doch in Ruhe! Ich habe kein Feuer.«

»Doch, doch, Sie haben ja eben noch geraucht«, sagte der andere.

Da geriet der Geck außer sich und versuchte, ihn beiseitezustoßen. Da ihm das nicht gelang und er nicht einmal die Arme bewegen konnte, senkte er den Kopf, um zu sehen, welches Hindernis sich ihm gegenüberstellte. Er schien verwirrt. Die beiden Hände des Herrn umklammerten seine Gelenke so fest, dass keine Bewegung möglich war. Und dieser aufdringliche Kerl wiederholte hartnäckig und eindringlich immer wieder:

»Darf ich Sie um Feuer bitten, es ist doch gar nicht recht, mir diese Bitte abzuschlagen.«

Die Leute, die herumstanden, lachten. Der Geck konnte nur noch stammeln:

»Scheren Sie sich doch endlich zum Teufel. Sie sehen doch, dass ich kein Feuer habe.«

Da schüttelte der andere melancholisch den Kopf:

»Sie sind nicht gerade höflich! Man kann doch einem Menschen, der freundlich darum bittet, Feuer geben ... aber wenn Sie nicht wollen ...«

Und er lockerte seine Umklammerung. Der Geck eilte davon. Aber das Auto war bereits in voller Fahrt, und sein Angreifer und das Fräulein mit den grünen Augen waren vor seiner Verfolgung sicher.

Eine schöne Geschichte, sagte sich Raoul, als er ihn davonlaufen sah. Ich spiele hier den Don Quichotte zugunsten einer schönen Unbekannten, die sich auf und davon macht, ohne mir Namen und Adresse zu geben. Nun kann ich sie unmöglich wiederfinden. Was nun? Da beschloss er, zur Engländerin zurückzukehren. Sie brach gerade auf und hatte dem Zwischenfall sicher beigewohnt. Er folgte ihr.

Raoul befand sich in einer jener Stunden, da das Leben gleichsam zwischen der Vergangenheit und der Zukunft in der Schwebe hängt. Seine Vergangenheit war reich an Erlebnissen.

Die Zukunft schien ähnlich verlaufen zu sollen. In der Mitte: nichts.

Ist man vierunddreißig Jahre alt, so glaubt man, dass die Frau den Schlüssel unseres Geschickes in der Hand hält. Und da die grünen Augen erloschen waren, wollte er seinen ungewissen Schritt von der Klarheit der blauen Augen bestimmen lassen.

Er bemerkte, dass auch der Geck seine Richtung geändert und sich wieder an die Spur des alten Wildes gehängt hatte, sodass die Marschordnung der drei wiederhergestellt war, ohne dass die Engländerin die List ihrer Verfolger bemerkt hätte.

Sie ging langsam ihren Weg, blieb vor den Schaufenstern stehen und kümmerte sich nicht im geringsten um die bewundernden Blicke, die sie erregte. So gelangte sie über die Place de la Madeleine und die Rue Royale zum Grand Hotel Concordia im Faubourg St. Honoré. Der Geck machte halt, machte die üblichen Schritte, kaufte Zigaretten und betrat dann das Hotel; Raoul konnte sehen, wie er mit dem Portier sprach. Drei Minuten später ging er wieder fort, und auch Raoul schickte sich an, den Portier nach der jungen Engländerin zu fragen, als diese selbst durch die Halle ging und in ein Auto stieg, in das man bereits eine kleine Handtasche gestellt hatte. Wollte sie denn verreisen?

»Chauffeur, fahren Sie dem Auto nach!« sagte Raoul, der ein Taxi angerufen hatte.

Die Engländerin machte Besorgungen und hielt um acht Uhr am Bahnhof der Linie Paris–Lyon. Sie ging in den Wartesaal und bestellte zu essen.

Raoul setzte sich in einiger Entfernung ebenfalls in den Wartesaal.

Nach dem Essen rauchte sie zwei Zigaretten, dann traf sie gegen ein halb zehn Uhr einen Beamten von Cook, der ihr das

Billett und den Gepäckschein aushändigte. Dann ging sie zum Expresszug, der neun Uhr sechsundvierzig Minuten abgeht.

»Fünfzig Franken«, sagte Raoul zu dem Beamten, »wenn Sie mir den Namen dieser Dame nennen.«

»Lady Bakefield.«

»Wohin reist sie?«

»Nach Monte Carlo. Sie ist im Wagen Nr. 5.«

Raoul überlegte, dann entschloss er sich. Die blauen Augen waren alles wert. Und durch die blauen Augen hatte er schließlich die grünen Augen kennengelernt, und durch die Engländerin konnte man vielleicht den Geck wiederfinden und durch ihn zu den grünen Augen gelangen.

Er kehrte um, löste ein Billett nach Monte Carlo und stürzte wieder auf den Bahnsteig.

Er sah die Engländerin auf dem Tritt eines Wagens, mischte sich unter die Leute und sah sie wieder durch das Fenster im Innern eines Abteils, wie sie sich den Mantel auszog.

Nur wenige Leute benutzten diesen Zug, der weder Schlaf- noch Speisewagen hatte. Raoul bemerkte nur zwei Herren, die im Abteil erster Klasse an der Vorderseite des Wagens Nr. 5 saßen.

Raoul wartete bis zur letzten Minute, dann sprang er auf und betrat das dritte Abteil, wie jemand, der gerade noch in der letzten Minute seinen Zug erreicht hatte.

Die Engländerin saß allein am Fenster. Er setzte sich auf die gegenüberliegende Seite auf den Platz am Gang. Sie hob die Augen und beobachtete den Eindringling, der keinerlei Gepäck hatte, und aß ohne die geringste Erschütterung aus einer auf ihren Knien stehenden Schachtel mächtige Schokoladenstücke.

Ein Schaffner kam und knipste die Billetts. Raoul hatte einen flüchtigen Blick in die Zeitung geworfen, dann hatte er die Blätter wieder beiseitegelegt. Er war zu nervös. Es schien ihm viel reizvoller, sein Abenteuer fortzusetzen, und er rückte einen Platz näher an die Engländerin heran. Diese rührte sich nicht. So musste Raoul schließlich umständlich beginnen:

»Verzeihen Sie mein inkorrektes Verhalten, aber ich muss Sie um die Erlaubnis bitten, Sie von einem überaus wichtigen Umstand in Kenntnis zu setzen. Darf ich mir einige Worte erlauben?«

Sie nahm ein Stück Schokolade und antwortete kurz, ohne den Kopf zu drehen:

»Wenn es sich nur um einige Worte handelt, bitte.«

»Also hören Sie bitte, gnädige Frau ...«

Sie unterbrach ihn:

»Gnädiges Fräulein ...«

»Also hören Sie, gnädiges Fräulein, ich weiß, dass Sie den ganzen Tag in höchst verdächtiger Weise von einem Herrn verfolgt worden sind, der sich vor Ihnen verbirgt ...«

Sie unterbrach Raoul abermals:

»Ihr Benehmen ist in der Tat sonderbar. Wie kommen Sie dazu, die Leute zu überwachen, die mich verfolgen?«

»Der Mann schien mir eben sehr verdächtig ...«

»Ich kenne diesen Mann aber, er hat sich mir voriges Jahr vorstellen lassen. Herr Marescal folgt mir wenigstens von weitem und dringt nicht in mein Abteil ein!«

Raoul verneigte sich:

»Bravo, gnädiges Fräulein, ich sage kein Wort mehr.«

»Sie dürfen auch nichts sagen, Sie dürfen – diesen Rat gebe ich Ihnen – an der nächsten Station aussteigen!«

»Tut mir unendlich leid, aber meine Geschäfte rufen mich nach Monte Carlo.«

»Sie rufen Sie, seitdem Sie wissen, dass ich nach Monte Carlo reise.«

»Nein«, antwortete Raoul unumwunden, »seitdem ich Sie in einer Konditorei auf dem Boulevard Haussmann gesehen habe.«

»Falsch«, lautete die schnelle Antwort. »Ihre Bewunderung galt eigentlich einem jungen Mädchen mit herrlichen grünen Augen, und Sie wären ihr auch weiter gefolgt, wenn der geschehene Skandal Sie nicht daran gehindert hätte. So sind Sie mir zunächst bis zum Hotel Concordia und dann bis zum Wartesaal gefolgt.«

Raoul amüsierte sich:

»Es schmeichelt mir, dass Ihnen keiner meiner Schritte entgangen ist.«

»Mir entgeht nichts.«

»Das merke ich. Fehlte nur noch, dass Sie meinen Namen kennen.«

»Raoul de Limézy, Forscher, soeben aus Tibet und Zentralasien zurückgekehrt.«

Er konnte sein Erstaunen nicht verbergen.

»Darf ich fragen, wie ...«

»Gar nicht so schwer. Da Sie in höchst auffälliger Weise mein Abteil in letzter Minute betraten, hielt ich es für geboten, Sie zu beobachten. Sie benutzten Ihre Visitenkarte, um eine Broschüre aufzuschneiden. Diese Karte konnte ich lesen, und ich erinnerte mich an ein Interview mit Raoul de Limézy, der gerade von seiner letzten Reise zurückgekehrt war. Höchst einfach.«

»Höchst einfach, aber dazu muss man verdammt scharfe Augen haben.«

»Ich habe ausgezeichnete Augen.«

»Trotzdem haben Sie den Blick nicht von Ihrer Schokolade gewandt. Sie sind beim achtzehnten Stück.«

»Ich brauche nicht zu beobachten, um zu sehen, und nicht nachzudenken, um zu erraten.«

»Um was zu erraten, wenn ich fragen darf?«

»Dass Ihr wahrer Name gar nicht Raoul de Limézy ist.«

»Nicht möglich! ...«

»Die Buchstaben in Ihrem Hut wären doch sonst nicht ›H. V.‹ ... es sei denn, dass Sie den Hut eines Freundes trügen.«

Raoul begann, ungeduldig zu werden. Es behagte ihm nicht, dass sein Gegner in diesem Duell stets im Vorteil war.

»Und was bedeutet Ihrer Ansicht nach dieses H. und dieses V.?«

Sie biss in ihr neunzehntes Stück Schokolade und sagte mit dem gleichen nachlässigen Ton:

»Diese beiden Buchstaben findet man ziemlich selten vereint, und mir wenigstens fallen dann immer zwei Namen ein, denen ich einmal begegnet bin.«

»Darf man fragen, welche?«

»Ach, das würde Sie gar nicht interessieren. Den Namen kennen Sie gar nicht. Horace Valmont ...«

»Wer ist denn dieser Horace Valmont?«

»Horace Valmont ist eines der zahlreichen Pseudonyme, hinter denen sich Arsène Lupin verbirgt.«

Raoul brach in ein Gelächter aus:

»Dann wäre ich also Arsène Lupin?«

Sie protestierte:

»Aber woher denn. Ich habe Ihnen nur gesagt, was für eine Erinnerung die Buchstaben in Ihrem Hut in mir erwecken! – Im übrigen –«

Und sie reichte ihm die Schokoladenschachtel.

»Nehmen Sie doch ein Stück als Entschädigung für Ihre Niederlage und lassen Sie mich schlafen.«

»Aber«, bat er, »wir werden doch unsere Unterhaltung nicht hier schon abbrechen?«

»Doch, doch«, sagte sie, »Neugier mag ich nicht ...«

»Eine Bakefield dürfte getrost neugierig sein«, sagte er ziemlich gewichtig.

Und er fügte hinzu:

»Sie sehen, gnädiges Fräulein, auch ich kenne Ihren Namen.«

»Ja, ja«, sagte sie, »der Beamte von Cook auch.«

»Ich bin besiegt«, sagte Raoul, »bei der ersten Gelegenheit werde ich mich rächen.«

»Gelegenheiten finden sich, wenn man sie am wenigsten erwartet«, antwortete die Engländerin, und zum ersten Male sah sie ihm mit ihren schönen blauen Augen gerade ins Gesicht.

»Sie sind nicht nur schön, Sie sind auch geheimnisvoll.«

»Gar nicht geheimnisvoll, ich heiße Konstanze Bakefield. In Monte Carlo treffe ich meinen Vater, den Lord Bakefield, der dort Golf mit mir spielen will. Außer Golf treibe ich jeden Sport und schreibe in den Zeitungen, um selbstständig Geld zu verdienen und meine Unabhängigkeit zu haben, und mein Beruf als Journalistin bringt mich mit allen berühmten Persönlichkeiten zusammen, mit Staatsmännern, Generalen, Industriekapitänen, Hochstaplern, großen Künstlern und berühmten Einbrechern. Auf Wiedersehen!«

Sie zog die beiden Enden eines Schals über ihrem Gesicht zusammen, lehnte ihren Kopf gegen die Lehne und streckte die Beine auf die gegenüberliegende Bank aus.

Raoul versuchte noch einige Worte, aber er stand vor einer verschlossenen Tür.

Etwas betroffen von seinem Abenteuer, aber trotzdem bezaubert und voller Hoffnung lehnte er schweigsam in seiner Ecke. Nach einer Weile setzte er sich bequemer zurecht und träumte vor sich hin. Das Leben war wundervoll. Er war jung, und leicht verdientes Geld ruhte in seiner Brieftasche. Tausend neue Pläne gingen ihm durch den Kopf, und am nächsten Morgen würde er das reizvolle Schauspiel genießen, diese hübsche junge Frau vor sich erwachen zu sehen. Er vermeinte, ihre blauen Augen zu sehen, oder waren es plötzlich grüne Augen? ... Mit einem Lächeln auf den Lippen schlief er ein.

Die Träume eines Menschen, der ein ruhiges Gewissen hat und zu seinem Magen in guten Beziehungen steht, können selbst von den Erschütterungen eines schnellfahrenden Zuges nicht beeinträchtigt werden. Raoul schwamm glücklich in einem Land, das von blauen und grünen Augen wimmelte, und die Reise war so angenehm, dass er es unterlassen hatte, einen kleinen Teil seines Geistes gleichsam als Schildwache schützend vor seinen Schlaf zu stellen. So hörte er nicht, dass sich die Tür zum Wagen Nr. 4 öffnete, er hörte auch nicht, dass sich drei maskierte Menschen näherten, die lange graue Blusen anhatten, und vor seinem Abteil stehenblieben.

Raoul hatte auch versäumt, das Licht abzublenden. Hätte er das getan, so hätten die Banditen es wieder aufblenden müssen, und er wäre wahrscheinlich mit einem Ruck erwacht.

So aber sah und hörte er nichts. Einer der Männer stand mit dem Revolver in der Hand im Gange Posten. Die beiden anderen verständigten sich durch Zeichen und zogen Totschläger aus der Tasche. Der erste Schlag traf den Reisenden unter der Decke.

Der Befehl zum Angriff war leise gegeben worden, trotzdem erwachte Raoul und spannte instinktiv Beine und Arme. Vergeblich. Der Totschläger traf seine Stirn; er konnte gerade noch fühlen, dass ihn jemand an der Kehle packte und undeutlich sehen, dass sich ebenfalls jemand auf Miss Bakefield stürzte.

Dann wurde es dunkel, er verlor sich im Finstern wie ein Mensch, der ertrinkt; es blieben nur jene unzusammenhängenden Eindrücke, die später wieder an die Oberfläche des Bewusstseins gelangen und sich mühevoll wieder zur Wirklichkeit zusammenstellen lassen.

Man band und knebelte ihn, wickelte seinen Kopf in einen rauen Stoff und leerte seine Brieftasche.

Der andere Gegner schien mehr Mühe zu machen. Raoul hörte zuerst einige unterdrückte Flüche, dann die unverkennbaren Geräusche erbitterten Ringens und dann einen Aufschrei ... den Aufschrei einer Frau.

»Teufel, ist das ein Frauenzimmer!« hörte man eine Stimme sagen, »das beißt und kratzt! Hast du sie wiedererkannt?«

»Was weiß ich? Das ist doch deine Sache.«

»Zuerst muss ich sie zum Schweigen bringen!«

Und es schien ihm zu gelingen. Die Schreie wurden schwächer, dann spürte Raoul, wie auch ihr Widerstand erlahmte. Eine dritte Stimme aus dem Gang befahl leise:

»Halt, lasst sie los! Ihr habt sie doch nicht womöglich getötet?«

»Wer weiß! ... Auf alle Fälle müsste man sie durchsuchen.«

»Vorsicht, zum Teufel!«

Die beiden verließen das Abteil. Ein Streit entstand im Gang, und Raoul, der langsam aus seiner Betäubung zu erwachen begann, konnte einige Worte aufschnappen.

»Weiter ... das Abteil am Ende des Wagens ... der Schaffner ...«

Die drei entfernten sich in der Richtung auf das Abteil zu, in dem Raoul bei der Abfahrt zwei Reisende bemerkt hatte. Raoul versuchte, seine Fesseln zu lockern und durch Bewegung mit den Kinnbacken den Knebel zu verschieben. Die Engländerin stöhnte, aber die Laute wurden immer schwächer. Die Furcht, er könnte zu spät kommen, ließ ihn seine Anstrengung verdoppeln. Aber die Stricke waren zu fest und zu gut gebunden, jedoch gelang es ihm, den Stoff von seinem Kopf abzuschütteln. Und er sah das junge Mädchen auf den Knien, mit den Ellbogen auf dem Sitz ...

Man hörte Schüsse. Die drei Banditen mussten mit den beiden Reisenden im anderen Abteil ins Handgemenge gekommen sein, und fast im gleichen Augenblick rannte einer der Banditen mit einem Koffer in der Hand am Abteil vorbei.

Seit ein oder zwei Minuten fuhr der Zug etwas langsamer.

Raoul war verzweifelt. Immer wieder versuchte er, seine Fesseln zu lockern, denn mit dem jungen Mädchen ging eine seltsame Veränderung vor sich. Ihr Gesicht hatte Flecken wie jemand, der dem Ersticken nahe ist. Raoul erkannte sofort, dass sie nur noch wenige Minuten zu leben hatte.

Sie neigte sich vornüber, und er hörte, wie sie auf englisch mühsam röchelte:

»Ich bin verloren ... Hören Sie ...«

Sie hatte keine Kraft mehr. Auch Raoul hatte trotz übermenschlicher Anstrengung keine Aussicht mehr, sich rechtzeitig zu befreien. Es war entsetzlich, untätig diesem grauenhaften Tode beiwohnen zu müssen.

Jetzt kam der zweite Maskierte vorüber, er trug eine Handtasche und einen Revolver in der Hand. Hinter ihm kam der dritte. Die beiden Reisenden waren wohl niedergemacht worden, und da der Zug infolge von Streckenarbeiten – ein Umstand, den die Banditen zweifellos ihrem Plan zugrunde gelegt hatten – immer langsamer fuhr, konnten die Mörder in aller Ruhe fliehen.

Zu Raouls großer Überraschung blieben sie plötzlich vor dem Abteil stehen, als wenn sich ihnen ein unüberwindbares Hindernis entgegengestellt hätte. Raoul vermutete, dass sich ihnen irgendjemand entgegengeworfen habe, vielleicht der Schaffner.

Im gleichen Augenblick begann der Kampf. Der erste Bandit kam gar nicht dazu, seine Waffe zu benutzen. Ein Beamter in Uniform hatte ihn angesprungen, und beide stürzten zu Boden, während der zweite, ein schmächtiges Kerlchen mit einem kleinen Gesicht unter einer zu großen Mütze, an der die schwarze Maske befestigt war, seinem Kameraden zu Hilfe eilte.

Schon musste der Schaffner nachgeben, denn der kleinere der Banditen hielt ihm seine Hände fest. Der andere konnte sich erholen und ließ einen Hagel von Faustschlägen auf den Kopf des Beamten niedersausen.

Da stand der kleinere wieder auf, im Aufstehen blieb er mit seiner Maske hängen, die die Mütze mitriss ... Mit einer raschen Bewegung setzte er die Mütze wieder auf und schob die Maske vors Gesicht. Aber Raoul hatte Zeit gehabt, die blonden Haare und das bezaubernde, jetzt bleiche und verzerrte Gesicht der Unbekannten mit den grünen Augen zu erkennen, die er am Nachmittag in der Konditorei auf dem Boulevard Haussmann gesehen hatte.

Die Tragödie näherte sich ihrem Ende. Die beiden Banditen flohen. Raoul verfolgte die langwierige und mühevolle Arbeit des Schaffners, der schweratmend auf den Sitz stieg und die Notbremse zog.

Die Engländerin lag im Sterben. Sie stammelte einige unzusammenhängende Worte:

»Bitte ... Nehmen Sie ...«

»Was denn?«

»Nehmen Sie ... Brustbeutel ... Papiere ... Schwören Sie ...«

Ihr Kopf fiel nach hinten, sie war tot.

Der Zug hielt.

II. FÄDEN

Miss Bakefields Tod, der Überfall der drei maskierten Banditen, die wahrscheinliche Ermordung der beiden Reisenden, der Verlust seines Geldes – all das lastete auf Raouls Geist nicht so stark wie das, was er sekundenlang gesehen hatte: Die Dame mit den grünen Augen. Im Schatten eines wüsten Verbrechens tauchte die bezaubernde und verführerische Frau auf. Obwohl sein Abenteurerleben Schrecken und Verbrechen genug gesehen und ihn an die tollsten Dinge gewöhnt hatte, verwirrte ihn diese Tatsache; seine Vorstellungskraft ließ ihn im Stich.

Draußen herrschte ein wüstes Durcheinander. Vom nahen Bahnhof – es war der Bahnhof von Beaucourt – eilten Beamte herzu, hinter ihnen kamen Streckenarbeiter. Man schrie und man suchte, woher die Hilferufe kamen.

Der Schaffner durchschnitt Raouls Fesseln, hörte dessen Mitteilungen an, dann öffnete er das Fenster und winkte den Beamten.

»Hierher! Hierher!«

Dann wandte er sich an Raoul:

»Die junge Dame ist tot, nicht wahr?«

»Ja … erwürgt. Das ist noch nicht alles … zwei Reisende am anderen Ende des Wagens …«

Sie gingen eilig den Gang entlang. Am Ende, im letzten Abteil, zwei Leichen. Keine Spur von Unordnung. Nichts in den Netzen. Keine Handtasche. Kein Paket.

In diesem Augenblick versuchten die Bahnhofsbeamten, die Wagentür zu öffnen. Sie war verschlossen, und Raoul begriff jetzt, warum die drei Banditen hatten umkehren und durch die erste Tür fliehen müssen.

Jetzt stiegen Leute ein, andere kamen über die Verbindung, und schon füllten sich beide Abteile. Da ertönte laut und gebieterisch eine Stimme:

»Nichts anrühren! ... Nein, bitte lassen Sie den Revolver liegen, wo er lag. Er ist ein überaus wichtiges Beweisstück. Es wäre am besten, dass beide Abteile vollkommen geräumt würden. Der Wagen wird abgehängt, der Zug wird gleich weiterfahren, nicht wahr, Herr Bahnhofsvorsteher?«

Es genügt in Augenblicken der Verwirrung, dass ein Mensch sich klar und deutlich ausspricht und weiß, was er will, um die erregten Gemüter zu beherrschen und seinem Willen zu beugen. Und dieser Mann sprach ruhig und eindrucksvoll wie jemand, der an Gehorsam gewöhnt ist.

Raoul sah ihn an und erkannte zu seinem Erstaunen den Mann, der Miss Bakefield verfolgt und die Dame mit den grünen Augen angesprochen hatte, mit einem Wort – den pomadisierten Gecken, den die Engländerin Herrn Marescal genannt hatte. Er stand am Eingang des Abteils, in dem das junge Mädchen lag, versperrte den Eindringenden den Weg und drängte sie zu den offenen Türen.

»Herr Bahnhofsvorsteher«, fuhr er dann fort, »wollen Sie die Güte haben, das Rangieren zu überwachen? Setzen Sie bitte alle Ihre Beamten ein. Man müsste auch an den nächsten Gendarmerieposten telefonieren, einen Arzt kommen lassen und den Untersuchungsrichter in Romilland benachrichtigen. Es handelt sich um ein Verbrechen.«

»Um drei«, berichtigte ihn der Schaffner. »Zwei maskierte Männer, die mich angefallen haben, sind geflohen.«

»Ich weiß«, sagte Marescal, »die Streckenarbeiter haben Schatten bemerkt und sich auf die Verfolgung gemacht. Oberhalb der Böschung liegt ein kleiner Wald. Man versucht, ihnen längs der Chaussee den Weg abzuschneiden. Wenn man sie fängt, werden wir es schon erfahren.« Er sprach jedes Wort scharf aus, seine Bewegungen waren kurz und gebieterisch.

Raouls Erstaunen wuchs, dann jedoch gewann er seine ganze Kaltblütigkeit wieder. Was machte der Mann hier? Und wie kam er zu seinem Auftreten? Wie oft treten gerade die Leute mit übertriebener Sicherheit auf, die etwas zu verbergen haben! Raoul konnte nicht vergessen, dass Marescal Miss Bakefield den ganzen Nachmittag verfolgt und die Stunde ihrer Abfahrt erfragt hatte. Zweifellos hatte er sich im Nebenwagen befunden – und war der dritte Bandit nicht über die Verbindung im Nebenwagen verschwunden? Und sollte dieser dritte nicht der Mann sein, der jetzt herumkommandierte und die Situation zu beherrschen schien?

Der Wagen hatte sich geleert. Nur der Schaffner war noch zurückgeblieben. Raoul versuchte, sich wieder auf seinen Platz zu setzen. Man hinderte ihn daran.

»Aber bitte!« sagte er, in der festen Überzeugung, dass Marescal ihn nicht erkannte, »wie kommen Sie denn dazu? Ich saß hier und will wieder auf meinen Platz!«

»Nein«, antwortete Marescal, »der Ort, an dem ein Verbrechen geschah, gehört den Behörden, und keiner darf ihn ohne Erlaubnis betreten.«

Der Schaffner legte sich ins Mittel:

»Aber dieser Herr ist ja auch angefallen worden und man hat ihn gefesselt und beraubt.«

»Tut mir leid«, sagte Marescal, »aber ich kann die Vorschriften nicht ändern.«

»Welche Vorschriften?« fragte Raoul ärgerlich.

»Meine Vorschriften.«

Raoul kreuzte die Arme:

»Wie kommen Sie eigentlich dazu, hier Anordnungen zu treffen? Sie kommandieren uns mit einer Unverschämtheit, die andere sich vielleicht gefallen lassen, ich bin jedoch nicht in der Verfassung, mich damit abzufinden.«

Der andere reichte ihm eine Visitenkarte und sagte:

»Rodolphe Marescal, Kommissar im internationalen Fahndungsdienst, zugeteilt dem Ministerium des Innern.«

Und er fügte hinzu:

»Und wenn ich die Leitung der Untersuchung übernommen habe, so tue ich es mit dem Einverständnis des Bahnhofsvorstehers, und weil mein besonderer Auftrag mich dazu ermächtigt.«

Raoul war etwas verdutzt und beherrschte sich. Marescals Name, den er zuerst nicht beachtet hatte, erinnerte ihn an gewisse Geschichten, in denen der Kommissar sich außerordentlich geschickt benommen hatte. Er hielt es für klüger, seinen Widerstand aufzugeben und sich den Beamten auf andere Art zu gewinnen.

»Ich bitte um Entschuldigung. Trotzdem ich nicht Pariser bin und mich meistenteils auf Reisen befinde, ist mir Ihr Name nicht unbekannt, und ich erinnere mich an eine Ohrringgeschichte ...«

Marescal strahlte:

»Ganz recht, die Ohrringe der Fürstin Laurentini. Gewiss, das war nicht uninteressant. Aber wir werden auch mit diesem Fall hier fertig werden ... Und bevor der Untersuchungsrichter eintrifft, denke ich bereits so weit gekommen zu sein, dass ...«

»... dass«, fiel Raoul ihm ins Wort, »dass die Herren nur noch den Schlusspunkt dahinter zu setzen brauchen. Sie haben vollkommen recht. Und ich werde meine Reise erst morgen fortsetzen, wenn ich Ihnen nützlich sein kann.«

»Überaus nützlich, vielen Dank.«

Der Schaffner musste seine Aussagen machen und ging dann. Der Wagen wurde auf ein Nebengeleise geführt, der Zug fuhr weiter.

Marescal begann seine Untersuchung, und mit der offensichtlichen Absicht, Raoul zu entfernen, bat er ihn, auf den Bahnhof zu gehen und Tücher zu holen, um die Leichen zuzudecken.

Raoul stieg aus, ging am Wagen entlang und hißte sich am dritten Gangfenster in die Höhe.

»Das dachte ich mir«, sagte sich Raoul, »der Bursche will allein sein ...«

Marescal hatte in der Tat den Körper der jungen Engländerin angehoben und ihr den Reisemantel halb geöffnet. Sie trug einen Brustbeutel aus rotem Leder. Er löste den Riemen, öffnete den Beutel, der Papiere enthielt, und begann sogleich zu lesen.

Raoul ließ sich vorsichtig wieder herunter, erledigte, was man ihm aufgetragen hatte, und als er mit der Frau und der Mutter des Bahnhofsvorstehers, die sich zur Totenwache angeboten hatten, zurückkam, erfuhr er von Marescal, dass man im Walde zwei Männer umzingelt hätte, die sich im Dickicht verborgen hielten.

»Weiter nichts?« fragte Raoul.

»Nichts«, erklärte Marescal, »das heißt, einer der Männer hinkte, und man hat hinter ihm zwischen zwei Wurzeln eingeklemmt einen Absatz gefunden, aber es ist der Absatz eines Frauenstiefels.«

»Folglich ohne jede Bedeutung.«

Man legte die Engländerin auf die Bank. Raoul sah zum letztenmal ihr hübsches und glückliches Gesicht und dachte an die Dame mit den grünen Augen, dann drückte er dem jungen Mädchen die Augen zu und zog das Tuch über ihr bleiches Gesicht.

»Sie war wirklich schön«, sagte er. »Wissen Sie, wie sie heißt?«

»Woher sollte ich das wissen«, erklärte Marescal ausweichend.

»Das ist ja ein Brustbeutel ...«

»Der darf nur in Gegenwart des Untersuchungsrichters geöffnet werden«, sagte Marescal und hängte ihn sich um den

Hals, dann fügte er hinzu: »Übrigens sonderbar, dass die Banditen ihn nicht geraubt haben.«

»Er wird wahrscheinlich Papiere enthalten …«

»Wir müssen den Untersuchungsrichter abwarten«, sagte Marescal. »Jedenfalls scheinen die Banditen, die Sie ausgeraubt haben, ihr nichts fortgenommen zu haben … sie hatte ihre Perlschnur um den Hals und ihr Uhrarmband …«

Raoul erzählte, was vorgefallen war, und zwar erzählte er zuerst mit großer Genauigkeit, denn er selbst brannte darauf, die Wahrheit zu erfahren, dann trieben ihn unklare Gründe dazu, gewisse Vorgänge zu entstellen. So gab er eine absichtlich verschwommene Beschreibung der beiden Banditen und verschwieg die Mittäterschaft einer Frau.

Marescal hörte zu und stellte einige Fragen, dann ließ man eine der Frauen zurück, und sie betraten das Abteil, in dem die beiden Männer lagen. Sie sahen einander sehr ähnlich, hatten dasselbe, etwas gemeine Gesicht, dieselben buschigen Augenbrauen und dieselben grauen Anzüge von gewöhnlichem Schnitt. Der eine war wesentlich jünger und hatte eine Kugel mitten in die Stirn, der andere in den Hals bekommen.

Marescal, der größte Zurückhaltung bewahrte, betrachtete sie sorgfältig, ohne ihre Stellung zu verändern, durchsuchte ihre Taschen und deckte sie dann mit einem Tuche zu.

»Herr Kommissar«, sagte Raoul, dem Marescals Eitelkeit und Strebertum nicht entgangen waren, »ich habe den Eindruck, dass Sie schon eine ganze Menge wissen; man fühlt, dass Sie ein Meister der Kombination sind. Können Sie mir nicht etwas sagen?«

»Warum nicht«, sagte der Kommissar und zog Raoul in ein anderes Abteil. Raoul spielte den von soviel Vertrauen Beglückten. Er wisse die Ehre zu schätzen und freue sich außerordentlich. Die Herren setzten sich, und der Kommissar begann:

»Ohne mich von gewissen Widersprüchen beeinflussen zu lassen, ohne mich in Einzelheiten zu verlieren, müssen zwei Tatsachen von äußerster Bedeutung festgehalten werden. Zunächst folgendes: Die junge Engländerin, wie Sie sie nennen, ist das Opfer eines Missverständnisses geworden. Ja, eines Missverständnisses! Ich habe meine Beweise. Zur festgesetzten Stunde – die durch das im voraus berechnete Verlangsamen des Zugtempos festgelegt war – fallen die Banditen, die sich im nächsten Wagen befunden hatten, über Sie her, berauben Sie, überfallen ebenfalls die Dame in Ihrem Abteil und versuchen sie zu fesseln ... und plötzlich lassen sie alles im Stich und laufen weiter bis zum anderen Ende des Ganges. Warum dieses plötzliche Umschwenken? Warum? Weil sie sich geirrt haben, weil die junge Dame unter einer Decke lag, und weil sie glaubten, es mit zwei Männern zu tun zu haben und dann plötzlich eine Frau vor sich sahen. Und schon ist der Zug in der Nähe einer Station. Sie müssen fliehen. Sie spähen in den Gang und entdecken die beiden Männer, die sie suchten. Da diese beiden Männer Widerstand leisten, werden sie erschossen und bis aufs letzte ausgeraubt. Handtasche, Pakete, alles ist fort, sogar die Mützen ... dieser erste Punkt steht unumstößlich fest, nicht wahr?«

Raoul war nicht etwa über diese Hypothese erstaunt, die er selbst in Betracht gezogen hatte, er wunderte sich vielmehr über die logische Schärfe, mit der Marescal sie aufstellte.

»Der zweite Punkt«, fuhr der Kommissar fort, dem Raouls Bewunderung wohltat, und er reichte ihm eine feinziselierte silberne Dose. »Das fand ich hinter dem Sitzkissen.«

»Diese Tabatiere?«

»Ja, diese antike Tabatiere, die aber als Zigarettenetui dient. Sieben Zigaretten aus ganz leichtem Tabak für Damen.«

»Oder für Herren«, sagte Raoul lächelnd, »denn es waren doch nur Männer da.«

»Ich bleibe dabei, für Damen ...«

»Unmöglich!«

»Riechen Sie einmal an der Dose!« Und er hielt sie Raoul unter die Nase. Und Raoul musste selbst zugeben:

»Tatsächlich, es ist der Geruch, den ein Zigarettenetui annimmt, wenn man es mit dem Taschentuch und mit dem Puder und dem Lippenstift in die Tasche steckt. Der Geruch ist charakteristisch.«

»Nun?«

»Nun verstehe ich gar nichts mehr. Wir finden zwei Männer, die erschossen worden sind ... und wissen von zwei Männern, die den Überfall ausgeführt haben und geflohen sind.«

»Warum sollten diese zwei nicht ein Mann und eine Frau gewesen sein?«

»Eine Frau? ... Einer von den Banditen soll eine Frau gewesen sein?«

»Und das Zigarettenetui?«

»Kein ausreichender Beweis.«

»Ich habe noch einen anderen.«

»Welchen?«

»Den Absatz. Den Stiefelabsatz, den man im Walde zwischen zwei Wurzeln gefunden hat. Glauben Sie, dass es noch stärkerer Beweise bedarf, um den zweiten Punkt zu stützen, den ich folgendermaßen formulieren möchte: Die beiden Räuber sind ein Mann und eine Frau.«

Raoul geriet etwas außer Fassung, und fast gegen seinen Willen entschlüpfte ihm die Frage:

»Sonst nichts? Keine anderen Indizien?«

Der andere lachte:

»Na hören Sie! Lassen Sie mich etwas zu Atem kommen!«

»Wollen Sie denn die ganze Nacht weiterarbeiten?«

»Wenigstens bis zur Ankunft der beiden Verhafteten, die jeden Augenblick eintreffen müssen, wenn man sich nach meinen Anordnungen gerichtet hat.«

Raoul hatte die Erklärungen des Kommissars mit der Miene eines Menschen entgegengenommen, der vor so scharfsinnigen Enthüllungen sprachlos ist.

»Wenn es Ihnen Spaß macht, Herr Kommissar, bitte schön! Mich haben diese Dinge entsetzlich mitgenommen, und wenn ich ein oder zwei Stunden ausruhen könnte ...«

»Aber bitte sehr«, erwiderte Marescal, »Sie können sich in irgendeinem Abteil ausstrecken. Da. Hier ... Ich werde dafür sorgen, dass niemand Sie stört ... Und wenn ich mit meiner Arbeit fertig bin, werde ich mich auch ausruhen.«

Raoul schloss sich ein, ließ die Vorhänge herunter und verdunkelte das Licht. In diesem Augenblick wusste er noch nicht genau, was er tun wollte. Die sehr komplizierten Ereignisse ließen eine klare Lösung noch nicht zu. Er begnügte sich damit, Marescals Absichten herauszubekommen und sein rätselhaftes Benehmen zu durchschauen.

Da hörte Raoul ein Stimmengewirr vom Bahnhof her, das immer lauter wurde.

Raoul lauschte. Marescal hatte sich aus dem Fenster gebeugt und rief den Ankommenden entgegen:

»Die Gendarmen?«

Man hörte die Antwort:

»Ich soll mich bei Ihnen melden, Herr Kommissar.«

»Ganz recht, Wachtmeister. Nun, sind Verhaftungen erfolgt?«

»Eine einzige, Herr Kommissar. Einen Mann haben wir an der Chaussee fassen können, da er vor Müdigkeit zusammenbrach, dem anderen ist es gelungen, zu entkommen.«

»Und der Arzt?«

»Der Arzt musste erst anspannen lassen. Er wird in etwa vierzig Minuten zur Stelle sein.«

»Sie haben den kleineren von beiden verhaftet, Wachtmeister?«

»Ganz recht, einen sehr kleinen und blassen Jungen ... mit einer zu großen Mütze ... Er weint und sagt, er werde nur vor dem Untersuchungsrichter sprechen ...«

»Haben Sie ihn am Bahnhof zurückgelassen?«

»Jawohl. Unter guter Bedeckung.«

»Ich komme.«

»Wenn Sie gestatten, Herr Kommissar, möchte ich mir ansehen, wie sich im Zuge alles zugetragen hat.«

Der Wachtmeister stieg mit einem Gendarmen in den Zug ... Marescal empfing sie und führte sie zum Leichnam der jungen Engländerin.

Jetzt begann Raoul klarer zu sehen. In ihm erstand ein Ziel, gleichsam aus sich selbst heraus, und schrieb ihm sein Verhalten vor, ohne dass er dessen geheimes Motiv zu erkennen vermochte.

Er ließ das große Fenster herunter und beugte sich über das Geleise. Niemand. Kein Licht.

Er sprang hinaus.

III. Der Kuss im Dunkeln

Der Bahnhof von Beaucourt liegt mitten auf dem Lande, weitab von jeder Niederlassung. Von der Eisenbahn ausgehend, führt ein Weg senkrecht nach dem Dorf Beaucourt, dann nach Romilland, der Gendarmeriestation, und dann weiter nach Auxerre, woher der Untersuchungsrichter kommen sollte. Im rechten Winkel dazu verläuft die große Landstraße, die in einer Entfernung von etwa fünfhundert Metern parallel zur Bahnstrecke liegt.

Auf der Bahnstation hatte man alle verfügbaren Lichter zusammengetragen: Lampen, Kerzen, Fackeln, Laternen, sodass Raoul mit äußerster Vorsicht sich bewegen musste. Der Bahnhofsvorsteher, ein Beamter und ein Arbeiter unterhielten sich mit dem wachthabenden Gendarmen, der, groß und stattlich, vor einer offenen Tür mit zwei Flügeln stand; man konnte in einen mit Gepäckstücken angefüllten Raum sehen, der für Spediteure reserviert war.

Im Halbdunkel dieses Raumes standen große Körbe und Kisten. Als Raoul näher gekommen war, glaubte er auf einem dieser Stücke eine vornübergeneigte Silhouette zu erkennen, die sich nicht bewegte.

Die Situation schien ihm nicht ungünstig; allerdings durfte er auf kein Hindernis stoßen, das ihn verraten könnte. Marescal und der Wachtmeister konnten dazwischenkommen, ehe er es ahnte. Laufend machte er einen großen Umweg und gelangte so auf die Rückseite des Bahnhofes, ohne einem Lebewesen begegnet zu sein. Es war schon nach Mitternacht, kein Zug mehr zu erwarten, und außer der Gruppe, die auf dem Bahnsteig schwatzte, war keine Menschenseele zu sehen.

Er betrat den Raum der Gepäckaufgabe. Links eine Tür, ein Vorraum mit Treppe, und im Vorraum rechts eine weitere Tür.

Für einen Mann wie Raoul bildet ein Schloss kein wesentliches Hindernis. Er hatte immer einige Instrumente bei sich, mit denen er sich getraute, auch recht komplizierte Türen zu öffnen. Diese Tür gab schon beim ersten Versuch nach. Als er sie behutsam ein wenig öffnete, erkannte er, dass auch kein Lichtschimmer ihn verraten könnte. Er bückte sich, öffnete und trat ein. Die draußen hatten ihn weder sehen noch hören können, ebensowenig die Gefangene, deren Schluchzen rhythmisch die Stille unterbrach.

Der Arbeiter erzählte von der Verfolgung. Bei einer Bemerkung brachen die anderen in lautes Gelächter aus. Raoul benutzte diese Gelegenheit, um sich zwischen zwei Stapel gleiten zu lassen. So stand er unmittelbar hinter den Postsäcken, auf denen die Gefangene lag. Sie musste jetzt wohl etwas gehört haben, denn das Schluchzen hörte auf.

Er flüsterte:

»Sie brauchen keine Angst zu haben.«

Und da sie schwieg, wiederholte er:

»Keine Angst ... ein Freund!«

»Guillaume? ...« fragte sie sehr leise.

Raoul begriff, dass es sich um den anderen Flüchtling handelte, und antwortete:

»Nein, ich will Sie vor den Gendarmen retten.«

Sie gab keine Antwort. Sie musste wohl eine Falle fürchten. Aber er ließ nicht locker:

»Sie wissen, was für ein Schicksal Sie erwartet ... Alles spricht gegen Sie ...«

Endlich murmelte sie:

»Meine Hände sind gefesselt.«

Im Niederhocken durchschnitt er ihre Fesseln und fragte:

»Kann man Sie jetzt sehen?«

»Nur der Gendarm, wenn er sich umdreht, und dann schlecht, weil ich im Dunkeln liege ... die anderen stehen zu weit links ...«

»Ausgezeichnet ... Halt, einen Augenblick ... hören Sie? ...«

Schritte näherten sich vom Bahnsteig her, und er erkannte Marescals Stimme. Er sagte:

»Keine Bewegung ... strecken Sie sich wieder ganz aus ...«

»Mein Gott, diese Stimme«, stammelte das junge Mädchen, »ist es denn möglich!«

»Ja, das ist Marescals Stimme ... Erinnern Sie sich, dass sich auf dem Boulevard jemand zwischen Sie und ihn geworfen hat? Das war ich. Haben Sie keine Angst. Tun Sie, falls er hierherkommt, als ob Sie schliefen ... Legen Sie Ihren Kopf in die verschränkten Arme ... Und rühren Sie sich nicht ...«

»Wenn er mich sehen will, und wenn er mich wiedererkennt?«

»Geben Sie ihm keine Antwort ... Was auch kommen mag – kein Wort! ... Marescal wird nicht sogleich handeln ... er wird nachdenken ... und dann ...«

Raoul war keineswegs ruhig. Seiner Ansicht nach musste Marescal sofort mit dem Verhör beginnen und zu diesem Zwecke den Raum betreten. Im gleichen Augenblick hörte er auch schon Marescals frohlockende Stimme:

»Na, Herr Bahnhofsvorsteher, ein hoher Gast! Ein Gefangener! Der Bahnhof von Beaucourt wird berühmt werden! Wachtmeister, der Raum ist gut gewählt. Sie hätten keinen besseren finden können. Immerhin werde ich mich selbst einmal überzeugen ...«

So ging er geradeswegs auf sein Ziel los, wie Raoul es vorhergesehen hatte. Noch einige Worte und einige Bewegungen, und die Dame mit den grünen Augen war endgültig verloren.

Raoul war nahe daran, den Rückzug anzutreten. Aber damit hätte er sich vielleicht noch größere Hindernisse geschaffen.

Und so beschloss er, die Fortsetzung des Abenteuers dem Zufall zu überlassen.

Marescal betrat den Raum, sprach dabei aber immer weiter mit den Leuten draußen, sodass er ungestört den bewegungslos vor ihm liegenden Körper betrachten konnte. Raoul hielt sich zurück, die Stapel der Gepäckstücke entzogen ihn Marescals Blicken.

Der Kommissar blieb stehen und sagte sehr laut:

»Man scheint zu schlafen ... He, junger Mann, kann man nicht etwas miteinander plaudern?«

Er zog eine elektrische Taschenlampe aus der Tasche und ließ das Licht aufblitzen. Da er nur eine Mütze und verschränkte Arme sah, löste er die Arme und nahm die Mütze in die Höhe.

»Stimmt«, sagte er leise vor sich hin, »... eine Frau ... eine blonde Frau! Los, Kleine! Zeig' mir deine hübsche Larve!«

Er packte ihren Kopf und wollte ihn mit Gewalt herumdrehen. Was er sah, war so ungewöhnlich, dass er diese unwahrscheinliche Wahrheit nicht hinnehmen wollte.

»Nein, nein«, murmelte er, »das ist nicht möglich ...«

Er sah nach der Tür, da er augenscheinlich nicht wollte, dass ein anderer dem Auftritt beiwohne. Fieberhaft beleuchtete er das Gesicht noch schonungsloser.

»Sie ist es! Aber ich bin ja wahnsinnig! Sie! Und eine Mörderin! Unmöglich!«

Er beugte sich tiefer über sie. Die Gefangene rührte sich nicht. In ihrem bleichen Gesicht zuckte kein Muskel, und Marescal stieß die Worte heraus:

»Was ist geschehen? ... Sie haben jemanden getötet? ... Ist das denn möglich?«

Man hätte meinen können, sie schliefe wirklich. Marescal schwieg. Dann sagte er nach einer Weile:

»Gut, rühren Sie sich nicht ... ich werde die anderen entfernen und in einer Stunde wiederkommen ... dann kann man miteinander sprechen ...«

Was meinte er damit? Wollte er ihr irgendeinen erbärmlichen Handel vorschlagen? Raoul neigte eher der Ansicht zu, dass er eigentlich noch gar keinen festen Plan hatte. Die Ereignisse überraschten ihn, und er wollte Zeit gewinnen, um sich den besten Ausweg zu überlegen.

Er rückte die Mütze wieder zurecht und suchte dann in allen Taschen. Er fand nichts. Er richtete sich wieder auf und dachte nicht mehr daran, den Raum auf seine Sicherheit hin zu prüfen.

»Ein seltsamer Bengel«, sagte er, als er die Gruppe wieder erreicht hatte, »noch keine zwanzig Jahre alt ...«

Er sprach weiter, aber zerstreut, man fühlte, dass seine Gedanken anderswo waren und er nachzudenken bemüht war.

»Ich glaube, meine Voruntersuchung wird die Billigung des Herrn Richters finden. Bis die Herren eintreffen, werden wir beide, Wachtmeister, hier auf Wache ziehen – oder ich allein, das genügt auch ... ich brauche niemanden, und Sie werden sich ausruhen wollen ...«

Raoul beeilte sich. Er nahm drei verschnürte Säcke, deren Leinwand etwa die gleiche Farbe hatte wie die Bluse, unter der die Gefangene ihre Verkleidung als junger Bursche verbarg. Er hob einen dieser Säcke hoch und sagte: »Drehen Sie Ihre Beine zu mir herum ... damit ich das hier an Ihre Stelle legen kann ... Aber Sie dürfen sich kaum bewegen, nicht wahr? ... Dann beugen Sie den Rumpf zu mir herüber ... und dann den Kopf ...«

Sie bewegte sich mit gleichsam bewegungslosen Rucken und brauchte zur Veränderung ihrer Lage vielleicht drei bis vier Minuten. Nachdem das Manöver durchgeführt worden war, lag eine unförmige graue Masse an ihrem Platze, deren Umrisse für den Gendarmen und Marescal, wenn sie sich flüchtig umsahen, ihre unveränderte Gegenwart vortäuschte.

»Vorwärts ... Wenn sich die beiden umdrehen und laut sprechen, lassen Sie sich heruntergleiten ...«

Er fing sie auf und zog sie durch die angelehnte Tür. Im Vorraum richtete sie sich auf. Er ließ das Schloss einschnappen und sie durchquerten die Gepäckabfertigung. Kaum hatten sie den Platz vor dem Bahnhof erreicht, da brach sie zusammen und wäre fast zu Boden gestürzt.

Er nahm sie einfach auf die Schulter und begann auf die Baumreihe zuzulaufen, die den Weg nach Romilland und Auxerre bezeichnete. Nach etwa zweihundert Schritten blieb er stehen; er war nicht erschöpft, er lauschte.

»Was gibt's?« fragte das junge Mädchen angstvoll.

»Nichts ... Nichts Beunruhigendes jedenfalls ... ganz fern der Hufschlag eines Pferdes ... sehr gut ...«

Er hielt sie jetzt mit beiden Armen, wie man ein Kind trägt. So legte er etwa drei- bis vierhundert Meter zurück und kam an die Kreuzung der großen Landstraße. Als er sich auf den Rand der Böschung setzte, war das Gras so feucht, dass er ihr sagte:

»Bleiben Sie getrost auf meinen Knien sitzen und hören Sie mir gut zu. Der Wagen, den wir kommen hören, ist der Wagen des Arztes. Ich werde mich dieses Biedermannes entledigen, indem ich ihn fein säuberlich an einen Baum binden werde. Dann werden wir seinen Wagen besteigen und die ganze Nacht durch fahren, bis wir zu einer Bahnstation gelangen, von der wir weiterreisen können.«

Sie antwortete nicht. Er wusste nicht, ob sie verstanden hatte. Ihre Hand war brennend heiß. Sie stammelte gleichsam im Delirium:

»Ich habe nicht getötet ... ich habe nicht getötet ...«

Es war ganz still. Ab und zu wurde der Hufschlag vernehmlich. Man sah zwei- oder dreimal in unbestimmter Entfernung die Wagenlichter aufblitzen. Vom Bahnhof her war nicht das geringste Geräusch zu hören.

Raoul musste daran denken, dass die Engländerin von den Komplizen dieses Wesens ermordet worden war, dessen Herz er schlagen fühlte. Und seine Gedanken brüteten Rache ...

Aber er sagte nichts. Allmählich schien seine Gefährtin sich zu beruhigen. Der Fieberschauer, der sie geschüttelt hatte, war vorüber. Beklemmungen, Entsetzen, Furcht, alle Gespenster der Nacht und des Todes schienen sich langsam zurückzuziehen.

Auch er schien dem Drama etwas ruhiger gegenüberzustehen. Das Bild der toten Engländerin erlosch in seinem Gedächtnis; er hielt nicht die Frau mit der blutbefleckten Bluse in seinen Armen, sondern das strahlende Geschöpf, das er zuerst elegant und bezaubernd in Paris gesehen hatte.

Die Laternen kamen immer näher. In acht oder zehn Minuten musste der Arzt zur Stelle sein.

Er neigte sich über sie. Ihre Lider waren geschlossen, und er meinte zu fühlen, wie sie sich bewusst seinem Schutze überließ.

Plötzlich küsste er sie mitten auf den Mund.

Sie leistete schwachen Widerstand, seufzte, und sagte nichts. Er hatte den Eindruck, sie nehme die Liebkosung an und erwidere trotz ihres Widerstandes seinen Kuss. So vergingen einige Sekunden. Dann fand sie ihre Kraft wieder: sie machte sich mit plötzlich erwachter Energie frei und stöhnte:

»Oh, das ist entsetzlich! Lassen Sie mich, lassen Sie mich ... Sie handeln erbärmlich an mir!«

Er wollte lachen, er war sogar wütend auf sie, aber er fand keine Worte; sie hatte ihm einen Stoß versetzt und war in die Nacht geflohen.

Er stand auf, kletterte auf die Böschung und suchte sie. Es war dunkel und das Dickicht schützte sie. Es bestand keine Aussicht, sie wiederzufinden.

Jetzt war nur noch der Hass und das Rachegefühl des enttäuschten Mannes in ihm: am liebsten wäre er zum Bahnhof zurückgekehrt und hätte Alarm geschlagen. Da hörte er plötzlich einen Schrei. Er kam etwa daher, wo der Wagen jetzt sein musste. Er rannte los. Und er sah in der Tat die beiden Laternen, aber sie schienen auf der Stelle sich zu drehen und die Richtung zu wechseln. Der Wagen entfernte sich, aber nicht gemächlich im Trabe, sondern im Galopp eines gepeitschten Pferdes. Zwei Minuten später fand Raoul in einer Hecke einen Mann, der sich aufzurichten versuchte und um Hilfe rief.

»Sie sind gewiss der Arzt aus Romilland?« fragte er. »Man hat mich Ihnen entgegengeschickt ... Hat man Sie überfallen?«

»Ja ... Ein Mann fragte mich nach dem Wege. Ich hielt an, da ist er mir an die Kehle gesprungen und hat mich hinuntergeworfen ...«

»Und hat sich mit Ihrem Wagen auf und davon gemacht?«

»Ja.«

»Allein?«

»Nein, mit jemandem, der zu ihm stieß ... Deswegen habe ich um Hilfe gerufen.«

»Ein Mann? Eine Frau?«

»Ich konnte nichts sehen. Sie haben ganz leise miteinander gesprochen ...«

»Hat man Sie geknebelt?«

»Ja, aber schlecht.«

»Womit?«

»Mit meinem Halstuch.«

»Es gibt eine ganz bestimmte Art, zu knebeln, die nur ganz wenigen Menschen bekannt ist«, sagte Raoul, nahm das Halstuch, warf den Arzt auf den Rücken und machte sich daran, zu zeigen, was für eine besondere Art das war.

Dann wickelte er ihn höchst geschickt in die Decke, die er mit dem Halfter umschnürte, genau, wie Guillaume es getan hatte (denn es konnte kein Zweifel bestehen, dass Guillaume den Arzt überfallen und mit dem jungen Mädchen die Flucht ergriffen hatte).

»Ich tue Ihnen doch nicht weh, Doktor«, sagte Raoul, »das täte mir zu leid! So brauchen Sie auch keine Angst vor Dornen oder vor dem Gestrüpp zu haben! So, hier ist Moos, hier werden Sie keine allzu schlechte Nacht verbringen ... Nein, Ihren Dank muss ich ablehnen ... Glauben Sie mir, wenn ich es anders hätte einrichten können ...«

Raoul hatte folgende Absicht: er wollte im Dauerlauf um jeden Preis die beiden Flüchtlinge einholen. Er war außer sich, dass er sich so hatte hineinlegen lassen.

Aber in dieser Nacht schienen Raouls Absichten immer entgegengesetztere Wirkungen zu erzielen. Sobald er den Doktor verlassen hatte, machte er einen Haken und ging zur Station zurück; er hatte einen neuen Plan: er wollte sich auf eines der Gendarmenpferde setzen, um ganz sicher zu sein, die Flüchtlinge zu erreichen.

Er hatte beobachtet, dass die drei Pferde der Gendarmen in einem Schuppen standen, vor dem ein Arbeiter Wache hielt. Der Mann schlief sitzend gegen die eine Wand gelehnt. Raoul machte sich daran, vorsichtig den Haltestrick des einen Pferdes zu durchschneiden; aber abermals handelte er anders. Er durchschnitt nämlich Zügel und Sattelgurte bei allen drei Pferden und war nun sicher, die Verfolgung der beiden unmöglich gemacht zu haben.

»Eigentlich weiß ich selbst nicht, was ich tue«, sagte er sich und machte sich auf den Weg nach seinem Abteil. »Am liebsten möchte ich dieses Mädchen mit den grünen Augen der Gerechtigkeit überliefern – und ich habe alles getan, um sie zu retten! Warum nur?«

Er hätte sich diese Frage sehr wohl beantworten können. Für ihn war der glühende Kuss im Dunkeln das Wichtigste in diesem nächtlichen Drama, und so waren ihm seine Handlungen nicht von seinem Verstande, sondern von seinem Gefühl eingegeben.

Er musste die Fühlung mit Marescal aufrechterhalten, um dessen Pläne kennenzulernen; er musste auch erfahren, was für eine Bewandtnis es mit dem Brustbeutel der Engländerin hatte.

Zwei Stunden später fiel Marescal todmüde auf die Bank gegenüber; Raoul, der im Abteil des auf ein Nebengeleise rangierten Wagens in aller Ruhe auf ihn gewartet hatte, sprang auf, machte Licht und schien über das entstellte Gesicht des anderen ganz entsetzt.

»Aber was ist denn geschehen, Herr Kommissar? Sie sind ja kaum wiederzuerkennen?«

Marescal stammelte:

»Haben Sie denn nichts gesehen? Nichts gehört?«

»Nicht das geringste. Seitdem Sie diese Tür hinter sich zugemacht haben, habe ich überhaupt nichts gehört.«

»Entflohen!«

»Wer?«

»Der Mörder!«

»Hatte man ihn denn gefasst?«

»Jawohl.«

»Welchen von beiden?«

»Die Frau.«

»Es war also doch eine Frau?«

»Gewiss.«

»Hat man sie nicht überwältigen können?«

»Doch. Aber ...«

»Aber?«

»Sie war plötzlich verschwunden ...«

»Das ist ja eine Katastrophe!«

»Ja, ja, eine Katastrophe«, bestätigte der Kommissar.

»Und Sie haben keinerlei Anhaltspunkte?«

»Nicht den geringsten.«

»Keine Spur des Komplizen?«

»Welches Komplizen?«

»Dessen, der die Flucht ermöglicht hat?«

»Aber der kann doch damit gar nichts zu tun haben! Wir kennen seine Fußspuren, die wir hauptsächlich im Walde aufnehmen konnten. Unmittelbar hinter dem Bahnhof haben wir nun neben der Fährte des Stiefels ohne Absatz ganz andere Spuren festgestellt ...«

Raoul zog seine schlammigen Schuhe möglichst weit unter die Bank zurück und fragte dann sehr interessiert:

»Dann gibt es also ... noch jemanden?«

»Unbedingt. Und meiner Ansicht nach ist der Betreffende mit dem Wagen des Arztes geflohen.«

»Des Arztes?«

»Sonst wäre der Arzt doch wohl schon hier, nicht wahr? Wahrscheinlich hat man ihn unterwegs abgefangen und unschädlich gemacht.«

»Aber einen Wagen wird man doch wieder fassen können!«

»Wie denn?«

»Die Gendarmen sind doch beritten ...«

»Ich bin sofort zu dem Schuppen gerannt, wo die Pferde untergestellt waren. Ich habe mich in den Sattel geschwungen und bin auf der anderen Seite wieder heruntergefallen!«

»Wie das?«

»Der Mann, der auf die Pferde aufpassen sollte, war eingeschlafen. Inzwischen hatte man Zügel und Sattelgurte durchschnitten, sodass eine Verfolgung zu Pferde unmöglich war. Und ein Auto ist in diesem gottverlassenen Nest nicht aufzutreiben!«

Raoul hätte beinahe laut herausgelacht.

»Teufel, noch eins! Da haben Sie einen Gegner, der Ihrer würdig ist!«

»Gewiss, ein Meister auf seinem Gebiete ...«

Raoul ließ nicht locker.

»Der Zwischenfall geht Ihnen wohl sehr nahe? Er hat wohl noch Zusammenhänge, die man nicht ohne weiteres begreift?«

Es gibt Stunden, in denen selbst der zurückhaltendste Mensch zu mitteilsam ist. Und Marescal ließ sich gehen.

»Gewiss, der Erfolg wäre mir auf einem anderen Gebiete zustatten gekommen ...auf diesem Gebiete ist mein Sieg wenigstens unbestritten ...zumal es sich um eine Tote handelt.«

»Vielleicht um die junge Engländerin?«

»Ganz recht.«

»Darf man vielleicht Näheres erfahren?« sagte Raoul und fuhr fort, so zu tun, als vergehe er vor Bewunderung.

»Warum nicht? In zwei Stunden sind auch die Behörden unterrichtet ... Wissen Sie, wer die Engländerin war?«

»Kannten Sie sie denn, Herr Kommissar?«

»Allerdings! Wir waren sogar gute Freunde. Seit einem halben Jahre lebte ich als ihr Schatten, ich beobachtete sie auf Schritt und Tritt und suchte nach Beweisen gegen sie, ohne dass es mir gelang ...«

»Beweise?«

»Beweise gegen sie! O ja, gegen Miss Bakefield! Einerseits war sie die Tochter des Lord Bakefield, Pairs von England, eines Multimillionärs, aber auf der anderen Seite war sie eine internationale Diebin, Hotelratte und Bandenführerin, und zwar aus reinem Vergnügen, aus Sport. Sie hatte mich aber auch durchschaut, und wenn sie mit mir sprach, schien sie sich über mich lustig zu machen. Ich hatte meine Vorgesetzten von meinen Beobachtungen unterrichtet. Aber ich konnte sie niemals fassen! Gestern endlich hatte ich die Beweise. Ein Hotelangestellter, der in unseren Diensten steht, hatte uns Mitteilung davon gemacht, dass Miss Bakefield gestern Morgen aus Nizza den Plan einer Villa geschickt bekommen hatte, in der ein Einbruch verübt werden sollte. Es handelt sich um die Villa B. Ich wusste auch, dass sie die Pläne in einem Brustbeutel verwahrt hatte und abends nach dem Süden reisen wollte. Ich reiste mit. Ich wollte sie unten in flagranti erwischen. Die Banditen haben mir meine Aufgabe erleichtert ...«

»Und der Brustbeutel?«

»Den trug sie an einem Riemen unter ihrem Kleid. Hier ist er!« und Marescal schlug gegen seine innere Manteltasche. »Ich habe mir den Plan nur flüchtig ansehen können. Es handelt sich um Zimmerpläne, und sie hat mit einem Blaustift ein Datum vermerkt: den 28. April, und der ist übermorgen.«

Raoul war ein wenig enttäuscht. Die Gefährtin eines Abends war eine Diebin gewesen! Er war umso enttäuschter, als er eine so gut belegte Anschuldigung anerkennen musste und auch das Benehmen der Engländerin ihm gegenüber nun in einem anderen Lichte sah. Als Diebin gehörte sie zur internationalen Verbrechergesellschaft und war über manche Dinge unterrichtet, die sonst bei einer Dame wundergenommen hätten. Und waren ihre letzten Worte nicht vielleicht ein Geständnis? Vielleicht die Bitte, man möge ihre Papiere zerstören, damit ihr Vater nichts erfahre?

Marescal sah nach der Uhr. Er war todmüde. Er hatte noch Zeit, sich vor der Ankunft der Gerichtsbeamten auszuruhen. Er notierte sich noch etwas auf einem kleinen Block, dann überwältigte ihn der Schlaf.

Raoul, der ihm gegenübersaß, betrachtete ihn einige Minuten. Allmählich kehrten ihm verschiedene Einzelheiten über Marescal ins Gedächtnis zurück. Er war ehrgeizig und vom Glück begünstigt. Und dieses Glück trug bisweilen Weiberröcke ... Munkelte man nicht, dass die Gattin des Ministers seiner schnellen Laufbahn nicht ganz fern stünde? ...

Raoul nahm den Block, der dem übermüdeten Beamten aus der Hand gefallen war, und schrieb, während er den Schlafenden im Auge behielt:

»Notizen über Rodolphe Marescal.

Ein ausgezeichneter Beamter mit Initiative und Scharfsinn. Aber zu schwatzhaft. Vertraut sich dem ersten besten an, ohne ihn nach seinem Namen zu fragen oder seine Schuhe zu betrachten oder sich gar seine Physiognomie einzuprägen.

Darf sich also nicht wundern, wenn der Betreffende sich so grobe Fehler zunutze macht und die sonderbare Angelegenheit selbst in die Hand nimmt. Er wird die Ehre der Bakefields mit Hilfe der Dokumente aus dem Brustbeutel wiederherstellen und die Unbekannte mit den grünen Augen verfolgen!«

Als Unterschrift zeichnete Raoul einen Männerkopf, der eine Zigarette im Munde hatte, und schrieb darunter: »Darf ich um Feuer bitten?«

Der Kommissar schnarchte. Raoul legte ihm seinen Notizblock behutsam aufs Knie, zog ein kleines Flakon aus der Tasche, entkorkte es und hielt es Marescal unter die Nase.

Dann öffnete er ganz sacht den Mantel, eignete sich den Brustbeutel an und nahm ihn selbst um.

Auf der anderen Seite fuhr in langsamem Tempo gerade ein Güterzug vorbei. Raoul ließ das Fenster herunter, sprang, ohne gesehen zu werden, auf den anderen Zug und richtete sich häuslich unter der Plane eines mit Äpfeln beladenen Wagens ein.

»Die Tote war eine Diebin«, sagte er sich, »das Mädchen mit den grünen Augen ist eine Mörderin – und von diesen beiden Geschöpfen habe ich mein Schicksal beeinflussen lassen ...«

IV. Der Einbruch in der Villa B.

Einem einzigen Prinzip bin ich während meines ganzen Lebens treu geblieben«, sagte mir Arsène Lupin, als er mir viele Jahre später die Geschichte des Fräuleins mit den grünen Augen erzählte, »ich versuche nämlich niemals ein Problem zu lösen, bevor der Moment dazu da ist. Manche Rätsel werden durch einen Zufall gelöst; auch die Wahrheit will vorsichtig behandelt und nicht erzwungen sein ...«

Diese Auffassung war umso berechtigter, als eigentlich nur die widersprechendsten Dinge vorlagen. Jeder ging für eigene Rechnung vor.

Raoul verbrachte den ganzen Tag unter seiner Plane, während der Zug dem Süden entgegenfuhr. Die Untersuchung des Brustbeutels brachte kein besonderes Ergebnis. Er fand Listen von Mitwissern, Korrespondenten mit Helfern in allen möglichen Ländern ... ja, ja, Miss Bakefield war wirklich eine Diebin gewesen; das bewiesen diese Dokumente, die selbst die geschicktesten Verbrecher rätselhafterweise so oft nicht verbrennen. Aber für irgendeinen Zusammenhang zwischen dem Einbruchsplan der jungen Engländerin und dem Verbrechen der drei Banditen fand sich keinerlei Anhaltspunkt.

Ein einziger Brief war dabei, der Brief, von dem Marescal gesprochen hatte, und der sich auf den Einbruch in der Villa B. bezog.

Die Villa B. liegt rechts von der Straße von Nizza nach Giniez jenseits der Römischen Arena. Ein stattlicher Bau mit einem Riesengarten, der von Mauern eingefasst ist.

Am letzten Mittwoch jeden Monats steigt der alte Graf von B. in seinen Wagen und fährt mit seinem Diener nach Nizza. Mit ihm fahren auch die beiden Dienstmädchen, um einzukaufen, sodass das Haus von drei bis fünf Uhr vollkommen verlassen ist.

Um die Gartenmauern herumgehen, bis zu der Stelle, die über dem Paillon-Tale liegt. Dort befindet sich eine kleine morsche Holztür; Schlüssel dazu ging mit gleicher Post ab.

Es steht fest, dass der alte Graf, der mit seiner Frau in Unfrieden lebte, das von der Gräfin versteckte Paket Effekten nicht gefunden hat. Aber ein von der Verstorbenen an eine Freundin geschriebener Brief enthält Andeutungen, die sich auf einen zerbrochenen Violinkasten beziehen; dieser Kasten soll sich in einer Art Belvedere befinden, der zum Aufbewahren von Gerümpel dient. Die Freundin ist an dem Tage, an dem sie den Brief erhielt, gestorben.

Der Brief ist nach zwei Jahren in meine Hände gelangt.

Inliegend der Plan des Gartens und ein Plan des Hauses. Am Ende einer Treppe befindet sich das fast gänzlich zerfallene Belvedere. Zu dieser Expedition sind zwei Personen nötig; eine muss aufpassen, denn eine Nachbarin, eine Waschfrau, kommt häufig durch einen anderen Garteneingang, zu dem sie einen Schlüssel besitzt.

Bitte das Datum zu bestimmen (am Rande war deutlich vermerkt: 28. April) und mir Nachricht zu geben, damit wir im gleichen Hotel absteigen können.

gez. G.

Postscriptum: Meine Ermittelungen bezüglich des großen Rätsels sind immer noch unzulänglich. Handelt es sich um einen großen Schatz oder nur um eine unschätzbare wissenschaftliche Entdeckung? Ich weiß es noch nicht. Die Reise, die ich vorbereite, wird also entscheidend sein. Ihre Mitwirkung wird dann von außerordentlicher Bedeutung sein! ...

Vorläufig beachtete Raoul das sonderbare Postskriptum gar nicht. Ihn interessierte ganz besonders der geplante Einbruch ...

In der folgenden Nacht kroch Raoul in Marseille von seinem Sitz und bestieg den Expresszug nach Nizza, wo er am siebenundzwanzigsten früh ankam, nicht ohne vorher einen braven Bürger um einige Banknoten erleichtert zu haben, mit deren Hilfe er sich einen Koffer, Kleidung und Wäsche kaufen und obendrein in einem der besten Hotels an der Promenade absteigen konnte.

Dort nahm er sein Frühstück ein und las in den Zeitungen die tollsten Berichte über den Mord im Expresszug. Um zwei Uhr nachmittags ging er aus, so verwandelt in Kleidung und Aussehen, dass Marescal ihn kaum hätte wiedererkennen können. Wie sollte Marescal auch darauf kommen, dass der Mann, der ihm einen Streich gespielt hatte, Miss Bakefield bei dem Einbruch in die Villa B. ersetzen wollte!!

Raoul erforschte das Gelände der Villa Tarandoni. Um punkt drei Uhr fuhr der Graf mit seinem Personal nach Nizza. Das Nest war also leer. »Miss Bakefields Mitwisser muss unbedingt ihren Tod erfahren haben und wird unmöglich den Einbruch allein versuchen!« sagte sich Raoul.

Raoul ging zu einer geeigneten Stelle an der Mauer, die er sich ausgesucht hatte. Rasch kletterte er hinüber. Die Fenster im Erdgeschoss standen sämtlich offen. Im Vestibül führte eine Treppe zum Belvedere. Kaum hatte Raoul den Fuß auf die erste Stufe gesetzt, als ein elektrisches Läutewerk ertönte.

»Verflucht«, entfuhr es Raoul, »der Graf scheint ein misstrauischer Herr zu sein!«

Die Glocke ertönte schrill und laut ohne Unterbrechung; erst als Raoul sich bewegte, hörte das Läuten auf. Er prüfte die Leitung und entdeckte, dass sie sorgfältig verborgen nach außen führte. Sie musste also durch einen Vorgang draußen in Tätigkeit getreten sein ...

Er ging hinaus. Der Draht war sehr hoch gezogen und führte zur kleinen Holztür. Raoul wusste Bescheid.

»Sobald man die kleine Tür öffnet, klingelt es. Folglich hat einer diese Tür zu öffnen versucht und auf ein weiteres Eindringen verzichtet, als er die Glocke hörte.«

Raoul bog etwas links ab und erreichte eine kleine Erhöhung, von der aus er, hinter dichtem Gebüsch verborgen, das Haus, einen Teil der umliegenden Gärten und vor allem die Mauern übersehen konnte. Er war überzeugt, dass dem ersten Versuch unmittelbar ein zweiter folgen müsse. Und er hatte sich nicht getäuscht. Aber auf die Art dieses Versuches war er nicht gefasst gewesen. Genau wie er kletterte nämlich ein Mann über die Mauer, hakte vorsichtig die Alarmleitung aus und ließ sich niedergleiten.

Dann wurde die Tür von außen aufgestoßen und eine Frau trat ein. Im Leben aller großen Abenteurer spielt der Zufall häufig die Rolle des hilfreichen Mitarbeiters. Raoul, der dieses Gesetz kannte, versäumte niemals, sich dieses Zufalls zu bedienen. Blitzschnell erkannte er, dass das Erscheinen der Dame mit den grünen Augen doch nicht ganz auf Zufall beruhen konnte. Die beiden wussten also auch um das Geheimnis dieses Hauses? Beide kamen unter den Olivenbäumen näher. Der Mann war ziemlich mager, glatt rasiert und sah aus wie ein Schauspieler; er hielt einen Plan in der Hand und sah besorgt und misstrauisch um sich.

Die junge Dame ... Raoul erkannte sie ohne jeden Zweifel. Und trotzdem – wie sehr hatte sie sich verändert! Wo war das hübsche, lachende Gesicht vom Boulevard Haussmann geblieben? Es war auch nicht das tragische Gesicht, das im Zuge wie eine Vision an ihm vorbeigehuscht war, es war ein armes, unglückliches, verzerrtes, schmerzliches, angstvolles Gesicht ... In diesem Augenblick hatte Raoul, der sein Versteck noch nicht verlassen hatte, den Eindruck, als nehme er mit den Augenwinkeln wahr, wie an der gleichen Stelle, an der der glattrasierte Mann über die Mauer gestiegen war, für den Bruchteil einer Sekunde der Kopf eines Mannes mit schwarzen Haaren auftauchte ... Schon war er wieder verschwunden ...

War das der dritte, der Schmiere stand? Oder gar ein Verfolger?

Raoul neigte dieser zweiten Erklärung zu, als er sah, dass das Paar in einiger Entfernung stehenblieb, wo der Weg zur Tür und der Weg von der kleinen Holztür zusammenliefen; Guillaume gab dem jungen Mädchen eine Signalpfeife, stellte sie im Schutze eines Gebüsches auf Wache und deutete auf die Umfassung. Für Guillaume also gab es nur eine Gefahr, die Vorsichtsmaßregeln erforderte: das Kommen der Nachbarin. Man konnte also daraus schließen, dass an der Tür irgendein Verfolger, vielleicht irgendein Agent von Marescal, auf der Lauer lag.

Nachdem Guillaume seine Anordnungen getroffen hatte, eilte er auf das Haus zu. Er überließ die junge Frau einer Gefahr, von der er nichts wissen konnte und die auch sie nicht ahnte.

Raoul wusste nicht recht, was er tun sollte. Wie er sie betrachtete, so wurde sie zweifellos von einem unbekannten Feinde durch die Spalten der Holztür beobachtet. Sollte er sie abermals warnen? Sie wie in Beaucourt vor Gefahren bewahren, von denen sie nichts wusste?

Seine Neugierde war stärker als alles andere. Er wollte wissen. Die junge Frau lehnte an einem Baum und spielte zerstreut mit der Alarmpfeife. Die Jugendlichkeit ihres Gesichts, eines Kindergesichts, verblüffte Raoul.

So verging geraume Zeit. Plötzlich war das Kreischen der Gittertür vernehmbar, und Raoul sah, wie eine einfache Frau mit einem Wäschekorb den Weg zum Hause betrat. Auch die Dame mit den grünen Augen hatte das Geräusch gehört. Sie glitt am Baum nieder und versuchte angstvoll zu pfeifen: sie setzte die Pfeife an den Mund, konnte jedoch keinen Ton herausbringen. Die Wäscherin setzte ihren Weg fort, ohne den im Schatten des Hauses hockenden Menschen zu sehen.

So vergingen ein paar fürchterliche Augenblicke. Was würde geschehen? Wie würde sich Guillaume dieser Frau gegenüber verhalten? Der Zusammenstoß musste unausdenkbare Folgen haben ...

Raoul brauchte sich nicht den Kopf zu zerbrechen. Es geschah nämlich das Überraschende, dass die Wäscherin das Haus durch eine Hintertür betrat, und gerade, als sie darin verschwunden war, kam aus der anderen Tür Guillaume; er hatte ein in Zeitungspapier gewickeltes Paket, das der Form nach ein Violinkasten sein konnte. Die Begegnung war vermieden worden ...

Die Unbekannte in ihrem Versteck übersah diesen Sachverhalt nicht sofort. Erst als Guillaume vor ihr stand, unterrichtete ihn der angstvolle Bericht von der überstandenen Gefahr. Dann machten sich beide ziemlich verwirrt auf den Weg.

In Raoul stritten zwei Empfindungen miteinander: einerseits hätte er dem jungen Mädchen gern geholfen, andererseits empfand er eine gewisse Schadenfreude, dass beide Marescals Helfer geradezu in die Hände liefen. Bevor er einen Gedanken zu Ende denken oder sich entschließen konnte, geschah etwas ganz Rätselhaftes, wie an diesem Tage die Dinge überhaupt ohne jeden Zusammenhang zu geschehen schienen. Zwanzig Schritt vor der Tür sprang der Mann, dessen Kopf Raoul über der Mauer gesehen hatte, plötzlich aus einem Gebüsch, setzte mit einem wohlgezielten Faustschlag Guillaume außer Gefecht, nahm das junge Mädchen unter den Arm wie ein Paket, griff nach dem Violinkasten und rannte davon, aber nicht durch das Olivenfeld, sondern in der dem Hause entgegengesetzten Richtung.

Raoul setzte ihm nach. Nach einigen hundert Metern gelangte der Mann an eine Umfriedung von etwa ein Meter Höhe, die wahrscheinlich als Aufschüttung einen Weg deckte.

Er ließ die Frau hinunter, indem er sie an den Gelenken hielt, dann warf er den Kasten hinüber und folgte selbst nach.

Ausgezeichnet, dachte Raoul, er wird unten irgendwo sein Automobil haben ...

Und er hatte recht. Ein großer offener Wagen stand unten. Das junge Mädchen war bereits auf den Sitz gehoben worden. Ein Druck auf den Starter, der Wagen setzte sich in Bewegung und fuhr davon.

Der Weg war ziemlich uneben, der Wagen federte sehr stark und konnte nicht allzu schnell fahren. Raoul fegte hinterher, klammerte sich ans Verdeck und schwang sich in das Innere des Wagens, ohne dass der Führer, der nur auf seine Flucht bedacht war und sehr auf den Weg achten musste, etwas bemerkt hatte. Raoul verbarg sich dicht hinter den Vordersitzen unter einem Mantel.

Endlich war der Wagen auf der großen Straße. Bevor er einbog, legte der Mann dem Mädchen seine knochige Hand auf den Nacken und sagte: »Du bist verloren, wenn du dich rührst! Sonst geht es dir wie der anderen!«

Auf dem Wege kamen Bauern und Spaziergänger. Der Wagen entfernte sich von Nizza. Das Opfer rührte sich nicht.

Raoul versuchte einen Zusammenhang zu finden. Dieser Mann musste der dritte sein, der Mörder von Miss Bakefield, der Mörder der »anderen«! Das war ihm auch der Beweis, dass zwischen der Sache Bakefield und den drei Banditen ein Zusammenhang bestand. Marescal hatte sicherlich recht mit seiner Vermutung, die Engländerin sei lediglich durch ein Missverständnis getötet worden. Trotzdem hatten sich diese Leute mit dem gleichen Plan nach Nizza begeben: auch sie wollten in die Villa B. einbrechen. Guillaume hatte den Plan entworfen, er war auch der Verfasser des »G.« gezeichneten Briefes. Guillaume war Mitglied beider Banden; er war am Einbruch und gleichzeitig an der Lösung des großen Rätsels interessiert, von dem er in seinem Postskriptum schrieb. Nach dem Tode der

Engländerin will Guillaume den Coup allein ausführen. Er nimmt seine Freundin mit den grünen Augen mit, da zwei Personen notwendig sind. Und der Schlag wäre auch geglückt, wenn nicht der dritte ihnen die Beute wieder abgejagt und die »grünen Augen« entführt hätte. Wozu eigentlich? Bestand irgendeine Eifersucht zwischen den beiden Männern?

Einige Kilometer später wurde nach rechts abgebogen. Raoul kannte diese Gegend sehr gut. Endlich fuhr der Wagen auf dem Wege nach Lovens, von wo aus man in das Departement Var fahren oder den Weg ins Gebirge wählen kann. Was sollte geschehen?

Ein Versuch des jungen Mädchens bestimmte auch seine Entschlüsse. In einem plötzlichen Anfall von Verzweiflung versuchte sie, ohne Rücksicht auf die damit verbundene Todesgefahr, zu fliehen. Der Mann hielt sie mit seiner stählernen Hand fest.

»Mach' keine Dummheiten! Du musst sterben, durch meine Hand und zur festgesetzten Stunde! Vergiss nicht, was ich dir im Zuge gesagt habe, als ihr beide die Brüder erledigt habt! Ich rate dir also ...«

Er konnte nicht zu Ende sprechen. Wie er sich zu dem jungen Mädchen wandte, hatte sich zwischen ihn und das junge Mädchen ein Körper gelegt, der ihn in seinen Sitz drängte. Und eine Stimme fragte höhnisch:

»Wie geht es dir, alter Junge?«

Der Mann war starr vor Staunen. Beinahe wären alle drei durch seine Unaufmerksamkeit in einen Abgrund gestürzt.

»Wo kommst du ... her?«

»Du erkennst mich nicht wieder? Hast du nicht eben vom Zuge gesprochen? Hast du mich nicht ganz zuerst wehrlos gemacht? Hast du mir nicht dreiundzwanzigtausend Franken abgenommen? Das gnädige Fräulein erkennt mich wieder, nicht wahr? Sie waren nicht gerade nett, mich heute Nacht einfach zu verlassen, nachdem ich Sie so behutsam auf meinen Armen getragen hatte ...«

Das junge Mädchen schwieg. Auch der Mann schwieg. Der Wagen fuhr jetzt immer schneller.

»Dir passt wohl mein Dazwischenkommen nicht? Hübsch langsam gefahren, sonst geschieht ein Unglück!«

Die Straße zog sich in ziemlich scharfen Kurven oberhalb eines steil abfallenden Abgrunds entlang. Bei jeder Wendung prüfte Raoul mit scharfen Blicken die Strecke, die vor ihnen lag. Der Weg wurde schmaler, doppelt schmal durch die auf der einen Seite liegenden Gleise der elektrischen Bahn.

Plötzlich richtete sich Raoul ganz auf, öffnete beide Arme, legte sie rechts und links um den vor ihm sitzenden Feind, sprang regelrecht auf ihn hinauf und packte über seine Schultern hinweg mit kräftigen Armen das Steuer.

Der Mann versuchte sich fluchend zu befreien. Aber die Arme lagen gleich Klammern um seinen Hals. Raoul rief höhnisch:

»Entweder in den Abgrund, mein Lieber, oder in die Elektrische, die uns entgegenkommt. Oder du bremst, wie ich dir schon einmal geraten habe!«

Fünfzig Meter vor ihnen tauchte die Elektrische auf. Der Mann begriff seine Zwangslage. Mit einem Ruck riss er die Bremse. Der Wagen stand auf den Schienen und hielt. Die beiden Wagen standen sich sozusagen Nase an Nase gegenüber.

Der Mann konnte sich vor Wut nicht lassen. Er schimpfte und fluchte unaufhörlich.

Raoul hörte nicht auf ihn, sondern sagte in aller Ruhe:

»Los, der Wagen muss vom Gleis, sonst müssen wir hier übernachten!«

Er reichte dem jungen Mädchen die Hand; ohne seine Hilfe anzunehmen, stieg sie aus und wartete auf dem Wege.

Die Insassen der Elektrischen begannen zu schimpfen. Der Schaffner schrie. Endlich hatte der Wagen die Straße freigegeben, die Elektrische setzte ihren Weg fort.

Raoul wandte sich an den Mann:

»Mach', dass du fortkommst und lass diese Dame in Frieden! Sonst liefere ich dich den Behörden aus. Du hast den Überfall im Zuge ausgeheckt und du hast die Engländerin erwürgt.«

Der Mann war totenblass geworden und drehte sich um.

»Lüge! ... Alles ist Lüge! ...«

»Ich habe alle Beweise in Händen. Mach', dass du fortkommst, lass deine Maschine hier und sei froh, wenn du so davonkommst!«

Er sprang in den Wagen, hob den heruntergefallenen Kasten auf und fluchte plötzlich:

»Zum Teufel! Sie hat sich aus dem Staube gemacht!«

Die Dame mit den grünen Augen stand wirklich nicht mehr am Wege. In der Ferne bog die Elektrische um eine Kurve. Sie hatte sich den Streit zunutze gemacht, um zu fliehen.

Jetzt gerieten die beiden mit verdoppelter Wut aneinander. Es begann damit, dass der Mann Raoul den Kasten entreißen wollte. Eine Weile ging der Kampf hin und her. Da näherte sich eine zweite Elektrische. Raoul sprang auf, während sich der Bandit vergeblich bemühte, seine Maschine in Gang zu setzen. Der Wagen blieb stehen.

Wütend fuhr Raoul in sein Hotel zurück. Zum Glück besaß er ja die Effekten der Gräfin Tarandoni.

Bei näherer Prüfung entdeckte Raoul, dass die Violine durch einen geschickten Kunstgriff zu öffnen war. Er machte sich an die Arbeit. Die Violine enthielt lediglich ein Pack alter Zeitungen; die Vermutung lag nahe, dass entweder die Gräfin ihr Vermögen anderswo versteckt hatte oder dass der Graf schon längst die Zinsen des Vermögens genoss, das die Gräfin ihm hatte entziehen wollen.

»Vollkommene Niederlage auf der ganzen Linie«, brummte Raoul, »und an allem ist dieses verteufelte Frauenzimmer mit den grünen Augen schuld!«

V. Der Neufundländer

E ine ganze Woche lang wusste Raoul nicht, wohin er das
Feld seiner Tätigkeit verlegen sollte. Aufmerksam las er
in den Zeitungen die Berichte über den dreifachen
Mord im Expresszug. Er stellte sich daraus das für ihn Wichtige zusammen:

1. In den Augen der Polizei ist der dritte Komplize, der
Mann, dem ich eben die Dame mit den grünen Augen entrissen
habe und von dem die Polizei keine Ahnung hat, niemand anders als ich! Marescal sorgt dafür, dass ich im schlechtesten
Licht dastehe. Ich habe alles organisiert und eingefädelt. Man
hat mich nur scheinbar gefesselt und geknebelt – in Wirklichkeit habe ich alle Manöver überwacht und lediglich die Spuren
meiner Schuhe hinterlassen.

2. Die anderen Komplizen haben nach der Aussage des Arztes in seinem Wagen ihre Flucht bewerkstelligt. Bis wohin? In
der Dämmerung hat man den führerlosen Wagen gefunden.
Marescal zögert keinen Augenblick. Er bezeichnet als den
einen Täter eine hübsche junge Frau, gibt jedoch ihr Signale-
ment nicht in allen Einzelheiten, obwohl er dazu in der Lage
wäre, um sich später das ausschließliche Verdienst ihrer Ent-
larvung und Verhaftung vorzubehalten.

3. Die beiden Ermordeten sind identifiziert worden. Es handelt sich um die Gebrüder Arthur und Gaston Loubeaux, Ver-
treter einer Sektfirma, ansässig in Neuilly an der Seine.

4. Ein wichtiger Punkt: der Revolver, mit dem die beiden
Brüder ermordet worden sind; er wurde im Gang gefunden
und bildet einen wertvollen Hinweis. Er war vierzehn Tage vor
der Tat von einem schlanken jungen Mann gekauft worden,
der von seiner Begleiterin, einer jungen Dame, Guillaume an-
geredet wurde.

5. Miss Bakefield. Gegen sie liegt nichts vor. Marescal, der keine Beweise hat, wagt sich nicht vor und schweigt. In der Londoner Gesellschaft und an der Riviera aufs beste bekannt, wollte sie als einfache Reisende zu ihrem Vater nach Monte Carlo. Das ist alles. Hat man sie aus Versehen ermordet? Vielleicht. Warum aber sind die Gebrüder Loubeaux ermordet worden? In diesem Punkt und in allem übrigen keinerlei Anhaltspunkte oder die stärksten Widersprüche.

Raoul ließ den Dingen ihren Lauf, bis er eines Tages in der Provinzzeitung folgende Notiz las:

»Nachdem Lord Bakefield in der Heimat der Beisetzung seiner unglücklichen Tochter beigewohnt hat, ist er nach Monte Carlo zurückgekehrt und wohnt wie gewöhnlich im Bellevue-Palace.«

Am gleichen Abend bezog Raoul im Bellevue-Palace das an die drei vom Lord Bakefield bewohnten Räume grenzende Zimmer. Alle Fenster gingen nach dem Garten; jedes Zimmer hatte seinen kleinen Balkon; diese Räume im Erdgeschoss lagen dem Hoteleingang genau entgegengesetzt.

Am nächsten Tage sah er den Engländer, als er sein Zimmer verließ. Es war ein noch verhältnismäßig junger, etwas schwerfälliger Mann, dessen Nervosität und Niedergeschlagenheit deutlich in zerfahrenen Bewegungen zum Ausdruck kamen.

Zwei Tage später hatte Raoul die Absicht, ihm seine Karte zu schicken und ihn um eine vertrauliche Unterredung zu bitten – da sah er jemanden an des Engländers Tür klopfen: Marescal.

Diese Tatsache verblüffte ihn keineswegs. Da er selbst diesen Weg gehen wollte, um weiterzukommen, war er nicht erstaunt, dass auch Marescal von Konstanzes Vater Weiteres erfahren wollte.

Er öffnete die eine der gepolsterten Türen zum Nebenzimmer. Aber er konnte nichts hören.

Am nächsten Tage fand eine zweite Unterredung statt. Raoul hatte in der Zwischenzeit das Zimmer des Engländers betreten und auf der anderen Seite den Riegel der Verbindungstür zurückschieben können. Von seinem aus machte er nun auch die zweite Tür sehr behutsam auf; es war sehr günstig, dass auf des Engländers Seite ein Vorhang über der Verbindungstür hing. Abermals ein Misserfolg. Die beiden sprachen so leise, dass er nicht ein einziges Wort verstehen konnte.

So verlor er drei Tage, in denen der Engländer und der Beamte zahlreiche Unterredungen miteinander hatten und gemeinsame Spaziergänge im Garten machten, die ihn lebhaft beunruhigten. Welchen Zweck verfolgte Marescal? Lord Bakefield mitteilen, dass seine Tochter eine Diebin gewesen war – daran konnte Marescal nichts liegen. Er musste also etwas anderes im Auge haben.

Der Gedanke, dass der Lord in eine Falle gelockt werden sollte, wurde dadurch bestärkt, dass Raoul plötzlich auch Guillaume und die Dame mit den grünen Augen auftauchen und wieder verschwinden sah. Zweifellos waren auch sie von der Anwesenheit des Engländers angelockt worden.

Eines Morgens hörte Raoul, wie es nebenan mehrmals stark läutete, und es gelang ihm, die Bruchstücke einer telefonischen Unterhaltung mit anzuhören:

»Gut, einverstanden. Heute um drei Uhr im Garten des Hotels. Das Geld steht zu Ihrer Verfügung, mein Sekretär wird es Ihnen gegen die vier Briefe aushändigen, von denen Sie sprechen.«

Vier Briefe ... und Geld ..., sagte sich Raoul, das sieht mir sehr nach einer Erpressung aus ... Da wird es sich wohl um den ehrenwerten Herrn Guillaume handeln ... Als Komplize von Miss Bakefield versucht er heute ihre Korrespondenz zu Gelde zu machen.

Diese Vermutung rechtfertigte auch Marescals Anwesenheit. Zweifellos war der Lord bedroht worden, und er hatte den Kommissar um seinen Beistand gebeten. Und Marescal lockte den Verbrecher in eine Falle, um seiner Sache ganz sicher zu sein. Gut. Das konnte Raoul ganz gleich sein. Was aber hatte die Dame mit den grünen Augen damit zu tun? Was sollte er gegebenenfalls tun? Sie wieder retten? Das wollte er nicht. Was dann? Sie von Marescal fangen lassen?

An diesem Tage behielt der Lord den Kommissar zum Frühstück im Hotel. Nach dem Essen gingen sie in den Garten und spazierten in lebhafter Unterhaltung herum. Um dreiviertel drei Uhr kehrte der Beamte in die Gemächer des Engländers zurück. Der Lord selbst setzte sich auf eine Bank, die in der Nähe des Eingangs stand.

Raoul überwachte die Vorgänge von seinem Fenster aus.

Guillaume erschien nach einer Weile. Er war allein und näherte sich vorsichtig dem Eingange. Das junge Mädchen nahm also an dieser Expedition nicht teil, man konnte vielleicht sogar vermuten, dass sie von Guillaumes Vorgehen keine Ahnung hatte.

Die Begegnung zwischen den beiden Männern war überaus kurz, da die Bedingungen ihres Handelns vorher besprochen worden waren. Beide näherten sich den Zimmern des Lords; Guillaume war etwas unruhig, der Lord schien überaus nervös.

Auf der Terrasse äußerte der Engländer:

»Treten Sie näher. Ich wünsche mit diesen unsauberen Dingen nichts mehr zu tun zu haben. Mein Sekretär weiß Bescheid; entspricht der Inhalt der Briefe Ihren Angaben, so wird er Ihnen die vereinbarte Summe auszahlen.«

Dann ging er fort.

Raoul hatte sich hinter der Doppeltür auf den Anstand gelegt. Er war auf einen Theatercoup gefasst, dann fiel ihm jedoch ein, dass Guillaume Marescal nicht kannte und ihn für

Lord Bakefields Sekretär halten musste. Er hörte auch, wie Marescal laut und deutlich sagte:

»Hier sind fünfzigtausend Franken in Noten und ein Scheck über den gleichen Betrag auf London. Haben Sie die Briefe?«

»Nein!« sagte Guillaume.

»Wie soll ich das verstehen? In diesem Falle haben Sie sich vergeblich bemüht: ich habe genaue Anweisungen. Gegen die Briefe soll ich nach Prüfung das Geld auszahlen, Zug um Zug.«

»Ich werde sie Ihnen zusenden.«

»Sie sind wohl nicht bei Verstande – oder glauben Sie, dass Sie uns hereinlegen können?«

Guillaume ging einen Schritt weiter.

»Ich habe die Briefe, aber ich habe sie nicht bei mir.«

»Und?«

»Einer meiner Freunde hat sie in Verwahrung.«

»Wo befindet sich dieser Freund?«

»Im Hotel. Ich werde ihn holen.«

»Das hat keinen Zweck«, sagte Marescal, der das Manöver durchschaute und der Sache ein Ende machen wollte.

Er läutete. Das Stubenmädchen kam, und er sagte:

»Bitten Sie doch das junge Mädchen her, das draußen wartet. Sagen Sie ihr, Sie kämen im Auftrage des Herrn Guillaume.«

Guillaume fuhr zusammen. Man wusste seinen Namen.

»Was bedeutet das? Das widerspricht meinen Abmachungen mit Lord Bakefield. Die Dame, die auf mich wartet, hat hier gar nichts zu suchen ...«

Er wollte das Zimmer verlassen. Aber Marescal vertrat ihm den Weg und machte, ohne dass man ihn von draußen sehen konnte, die Tür auf. Das junge Mädchen trat zögernd ein und fuhr zusammen, als hinter ihr die Tür plötzlich zugeschlagen und abgeschlossen wurde. Im gleichen Augenblick packte eine Faust sie an der Schulter. Sie stöhnte:

»Marescal!«

Bevor sie noch diesen fürchterlichen Namen ausgesprochen hatte, machte Guillaume sich die Verwirrung zunutze, stieß die ohnedies nur angelehnte Fenstertür auf und floh durch den Garten. Marescal kümmerte sich gar nicht um ihn. Ihm lag nur an dem jungen Mädchen, das wankend und totenblass vor ihm stand. Er entriss ihr ihre Handtasche und sagte:

»Dieses Mal kann Sie niemand retten. Mitten in der Mausefalle, was?«

Er suchte in der Tasche und brummte:

»Wo sind die Briefe? Macht man jetzt in Erpressung, wie? Wie weit ist es mit Ihnen gekommen! Was für eine Schande!«

Das junge Mädchen sank in einen Sessel. Da er nichts fand, wurde er grob.

»Her mit den Briefen! Wo sind sie? Am Körper versteckt?«

Mit einer Hand zerriss er den dünnen Stoff ihres Kleides und wollte mit der anderen Hand suchen, wo die Briefe versteckt sein konnten, als er sich plötzlich einem Kopfe gegenüber sah, der zwischen ihm und dem jungen Mädchen auftauchte, einem sonderbaren Kopfe, dessen rechtes Auge nervös blinzelte und in dessen ironisch verzogenem Munde eine Zigarette hing.

»Hast du Feuer für mich, Rodolphe?«

Wo hatte Marescal diese Stimme und die gleiche Frage schon einmal gehört? Und hatte er sie nicht auch auf seinem Notizblock gelesen? ... Was sollte das bedeuten? Und dieses »Du«! Und das blinzelnde Auge? ...

»Wer sind Sie? ... Was? Der Mann aus dem Zuge? Der dritte Komplize? ... Wie? ... Was? ...«

Marescal war kein Narr. Er hatte sich schon in den schwierigsten Situationen bewährt und hatte auch vor mehreren Gegnern keine Angst.

Dieser Gegner war jedoch etwas Außergewöhnliches. Marescal wurde das unsichere Gefühl der beständigen Unterlegenheit nicht los. Er beschränkte sich folglich auf die Defensive, während Raoul sich sehr ruhig an das junge Mädchen wandte:

»Legen Sie die vier Briefe auf den Kamin ... Der Umschlag enthält doch die vier Briefe? ... Eins ... zwei ... drei ... vier ... Gut. Und dann ab durch die Mitte! Ich hoffe, dass wir uns nicht sobald wiedersehen! Also viel Glück!«

Das junge Mädchen sagte kein Wort und ging.

Raoul fuhr fort:

»Wie du siehst, Rodolphe, kenne ich diese Person mit den grünen Augen. Aber ich bin weder ihr Komplize noch der dritte Mörder, der dir einen so heilsamen Schrecken eingejagt hat. Nein. Ich bin ein biederer Reisender, dem dein eingebildetes Gesicht vom ersten Augenblick an nicht gefallen hat und der sich damit belustigt, dir dein Opfer zu entreißen. Mich interessiert diese junge Dame nicht mehr, und ich bin fest entschlossen, mich nicht mehr um sie zu kümmern. Aber ich will, dass du dich auch nicht mehr um sie kümmerst. Jeder geht seinen Weg. Sie nach rechts, du nach links, ich in der Mitte. Du hast mich doch verstanden, Rodolphe?«

Rodolphe wollte nach seinem Revolver greifen – er konnte die Bewegung jedoch nicht ausführen: Raoul hatte seine Waffe gezogen und hielt sie ihm kaltblütig und entschlossen unter die Nase.

»Darf ich bitten, ins Nebenzimmer zu gehen, Rodolphe. Dort können wir uns rascher verständigen ...«

Er ließ den Kommissar vorangehen und schloss die Tür. Kaum standen sie in Raouls Zimmer, da riss dieser eine Decke vom Tisch und warf sie Marescal wie eine Kapuze über den Kopf. Der andere leistete keinen Widerstand. Hätte er um Hilfe gerufen oder gar versucht, zu läuten, so wusste er genau, dass jeder Versuch eine vernichtende Antwort gefunden hätte. So ließ er sich in Decken und Laken wickeln, die ihn fast erstickten und ihm jede Bewegung unmöglich machten.

»So!« sagte Raoul, als er fertig war. »Wir sind einig. Ich nehme an, dass man dich morgen früh gegen neun Uhr befreien wird. So hast du Zeit zum Nachdenken, und das Fräulein, Guillaume und ich haben Zeit, um uns jeder nach seiner Richtung in Sicherheit zu bringen.«

Er packte ohne jede Eile seinen Koffer und schloss ihn ab. Dann zündete er sich eine Zigarette an und verbrannte die vier Briefe der Engländerin.

»Noch ein Wort, Rodolphe. Lass Lord Bakefield in Ruhe. Da du keine Beweise gegen seine Tochter hast und *niemals welche besitzen wirst*, sei so klug und spiele Vorsehung. Ich überlasse dir das Tagebuch von Miss Bakefield, das ich in ihrem Brustbeutel gefunden habe. Gib ihm das. Dann wird der Vater die Überzeugung behalten, dass seine Tochter die edelste und reinste Frau der Welt war. Und du tust Gutes damit. Das ist wenigstens etwas. Wegen Guillaume und seiner Helferin sag' dem Lord einfach, es habe sich um eine ganz gewöhnliche Erpressung gehandelt, die gar nichts mit dem Überfall im Zuge zu tun hätte. Du habest sie laufen lassen. Lass übrigens die ganze Angelegenheit laufen, sie ist zu schwer für dich. Du wirst nur Scherereien haben! Adieu, Rodolphe.«

Raoul zog den Schlüssel ab, ging ins Hotelbüro, verlangte seine Rechnung und sagte:

»Reservieren Sie mir mein Zimmer bis morgen. Ich zahle im voraus, falls ich wider Erwarten nicht zurückkehren sollte.«

Als er vor der Tür stand, atmete er auf. Was ging ihn die ganze Geschichte an! Mochte das junge Mädchen sehen, wie sie ihren Hals aus der Schlinge zog!

Als er sie dann im D-Zug nach Paris sah, machte er sich gar nicht bemerkbar und vermied es sogar, sich blicken zu lassen.

In Marseille stieg sie um in den Zug nach Toulouse. Sie befand sich in Gesellschaft von Leuten, die sie unterwegs kennengelernt hatte und die wie Schauspieler aussahen. Guillaume tauchte an ihrer Seite auf.

Gute Reise! dachte Raoul. Ich bin froh, dass ich mit euch nichts zu tun habe!

In der letzten Minute jedoch verließ er sein Abteil und sprang ebenfalls in den Zug nach Toulouse, wo er am nächsten Morgen eintraf.

Nach dem Überfall im Express, nach dem Einbruch in die Villa Tarandoni und dem Erpressungsversuch im Bellevue-Palace, nach Vorgängen, die unzusammenhängend und gewaltsam aneinandergereiht zu sein schienen wie die Bilderfolge eines sehr schlechten Theaterstücks, dem der Zuschauer nicht mehr zu folgen vermag, weil jeder logische Faden zu fehlen scheint, nach all diesen überraschenden Ereignissen schien sich ein drittes vorzubereiten, das binnen wenigen Stunden seinen Höhepunkt erreichte wie ein schlechter, ohne jede Psychologie gemachter Film.

In Toulouse erfuhr Raoul von dem Portier des Hotels, in dem das junge Mädchen mit ihren Reisegefährten abgestiegen war, dass diese Leute zur Truppe der Operettensängerin Léonie Balli gehörten, die am gleichen Abend im Stadttheater in »Veronika« auftrat.

Er legte sich auf die Lauer. Gegen drei Uhr verließ das junge Mädchen das Hotel. Sie schien ängstlich und sah sich um, ob jemand ihr folgte. Fürchtete sie, dass Guillaume ihr auf den Fersen sei? Sie eilte auf die nächste Post und schrieb in fieberhafter Eile ein Telegramm, das sie dreimal umschrieb. Als sie die Post verlassen hatte, konnte Raoul mühelos eines der nur einmal in der Mitte durchgerissenen Formulare auflesen und zusammenstellen. Er las:

»Hotel Miramare-Luz-Pyrenäen. Eintreffe morgen ersten Zug. Benachrichtigt Haus.«

Was will sie um diese Zeit mitten im Gebirge, dachte Raoul. »Benachrichtigt Haus.« ... Wohnt ihre Familie in Luz?

Vorsichtig nahm er seine Verfolgung wieder auf und sah, wie sie ins Stadttheater ging, zweifellos, um der Probe beizuwohnen.

Abends saß Raoul im Hintergrunde einer Loge. Beim ersten Auftritt war er sprachlos vor Staunen: die Schauspielerin, die die Veronika spielte, war die Dame mit den grünen Augen!

»Leonie Balli«, sagte sich Raoul, »sollte sie wirklich so heißen? ... Und Operettensängerin in der Provinz?«

Raoul konnte sich gar nicht fassen. Diese Entdeckung war so weit entfernt von allen Vermutungen, mit denen seine Fantasie sich beschäftigt hatte!

Jedenfalls war sie eine bezaubernde Schauspielerin und eine sehr gute Sängerin. Sie war anmutig und voller Gefühl, war verführerisch und zurückhaltend zugleich. Eine kaum wahrnehmbare Unsicherheit erhöhte den Reiz ihres Spiels. Raoul erinnerte sich an seinen ersten Eindruck auf dem Boulevard. Ja, hier mussten zwei Geschicke miteinander vereinigt sein ...

Raoul geriet ganz in den Bann ihrer Rolle. Aber immer wieder tauchte vor seinen Augen die Vision des Geschöpfes auf, das getötet hatte und Guillaumes Helferin war.

Welches von den beiden Bildern war das richtige? Raoul suchte vergeblich, zumal ein drittes Bild alle anderen deckte, nämlich Veronika, die Bühnengestalt, die sie verkörperte, und deren Bewegungen ihn mit Entzücken erfüllten. Allerdings erkannten seine scharfen Augen eine gewisse Unruhe, eine gewisse Ängstlichkeit ...

Vielleicht ist irgend etwas geschehen, sagte sich Raoul. Wahrscheinlich ist zwischen ein und drei Uhr etwas sehr Wichtiges vorgefallen. Dieses Ereignis hat sie auf die Post getrieben und zittert noch jetzt auf der Bühne in ihr nach. Sie denkt daran, sie ist unruhig. Wer anders als Guillaume kann damit zusammenhängen ...

Als der Vorhang über dem letzten Akt gefallen war, wurden der Schauspielerin lebhafte Ovationen bereitet und draußen drängten sich zahlreiche Menschen um den Bühneneingang.

Vor der Tür stand ein Auto. Der einzige Zug, der am nächsten Morgen früh in Pierrefitte-Mestalan, der Bahnstation von Luz, eintreffen konnte, ging um zwölf Uhr fünfzig. Zweifellos wollte sich das junge Mädchen unmittelbar zum Bahnhof fahren lassen, nachdem ihr Gepäck bereits aufgegeben worden war. Auch Raoul hatte seinen Koffer an diesen Zug bringen lassen.

Zwölf Uhr fünfzehn stieg sie ins Auto, das sich langsam in Bewegung setzte. Guillaume hatte sich nicht sehen lassen. Alles ging glatt vonstatten.

Es mochten keine zwanzig Sekunden vergangen sein, als Raoul in plötzlicher Eingebung dem Wagen nachsetzte, ihn erreichte und sich hinten so gut es ging anhing.

Und schon geschah, was er instinktiv gefürchtet hatte. Im Augenblick, als der Wagen in die wenig belebte Bahnhofstraße hätte einbiegen müssen, bog er in entgegengesetzter Richtung auf die Chaussee ab und raste so schnell dahin, dass an ein Abspringen nicht zu denken war. Der Wagen fuhr jedoch nicht allzu weit. Plötzlich wurden die Bremsen angezogen. Der Chauffeur sprang ab, öffnete die Tür und ging in den Wagen.

Raoul hörte einen Aufschrei. Fest überzeugt, dass nur Guillaume der Angreifer sein könne, wollte er zuerst lauschen und womöglich erfahren, um was es sich eigentlich handle. Aber der Angriff schien jedoch eine gefährliche Wendung genommen zu haben und sein Eingreifen erforderlich zu machen.

»So sprich doch!« schrie der Mann. »Ach, du meinst, du kannst dich auf und davon machen! ... Gewiss wollte ich dich hereinlegen, weil du es weißt, und ich werde auch nicht locker lassen ... Los! ... Sprich! ... Sonst! ...«

Raoul klangen die erstickten Schreie der Miss Bakefield im Ohr. Ein zu starker Druck des Daumens, und das Opfer ist tot.

Er öffnete rasch entschlossen den Wagenschlag, packte den Gegner am Bein und riss ihn beiseite.

Der andere leistete Widerstand. Raoul brach ihm mit einem Griff den Oberarm.

»Sechs Wochen Ruhe«, sagte er dann, »und belästigst du das junge Mädchen noch einmal, dann breche ich dir das Rückgrat, verstanden? ...«

Er ging wieder an den Wagen heran. Das junge Mädchen verschwand bereits im Dunkeln.

»Lauf nur zu«, sagte Raoul. »Ich weiß, wohin du gehst, du wirst mir nicht entkommen. Aber ich habe es jetzt satt, stets den treuen Neufundländer zu spielen, der das arme Kind rettet und nicht einmal ein Stück Zucker zur Belohnung bekommt! Was ich will, will ich! Und ich will dich! Deine grünen Augen und deine Lippen!«

Er ließ Guillaume beim Auto liegen und eilte zum Bahnhof. Der Zug fuhr ein. Durch zwei überfüllte Abteile voneinander getrennt, reiste er mit der Dame mit den grünen Augen nach Luz.

In Lourdes bog der Zug von der Hauptstrecke ab. Eine Stunde später war man in Pierrefitte-Mestalan, der Endstation.

Kaum war das junge Mädchen ausgestiegen, als es von einer ganzen Schar junger Mädchen umringt wurde, die alle gleichartig gekleidet waren und sich in Begleitung einer Nonne befanden, die eine riesige weiße Haube trug.

»Aurelie! Aurelie!« schrie es durcheinander.

Die Dame mit den grünen Augen ging von einem Arm zum anderen und wurde schließlich besonders herzlich von der Nonne umarmt:

»Wie lieb von dir, dass du gekommen bist! Nicht wahr, jetzt bleibst du wenigstens einen Monat bei uns?«

Draußen wartete ein Break, der den Dienst zwischen Pierrefitte und Luz versieht. Die Dame mit den grünen Augen stieg mit ihrer Gesellschaft ein und der Wagen setzte sich in Bewegung.

Raoul, der sich nicht hatte sehen lassen, mietete einen Wagen nach Luz.

VI. Auf der Terrasse

Während Raoul vor sich die Glocken der Maultiere, die die ersten steilen Hänge zu erklimmen begannen, läuten und klingen hörte, wurde ihm klar, dass die Dame mit den grünen Augen auch nicht Léonie Balli, die Operettensängerin, war. Aurelie, wie er sie von jetzt ab zu nennen beschloss, wollte hinter den Mauern eines Klosters ein Geheimnis hüten, das ihre Gegner ihr entreißen wollten.

Das gleichmäßige Wiegen seines Wagens ließ ihn allmählich einschlummern, und er war froh, im Dämmern seiner Müdigkeit des weiteren Nachdenkens enthoben zu sein ...

Die kleine Stadt Luz und ihre Nachbarin Saint-Sauveur bilden eine Thermalquellengemeinschaft, in der zu dieser Jahreszeit die Gäste sehr selten waren. Raoul wählte ein nahezu leeres Hotel; er gab sich als eifriger Botaniker und Mineraloge aus und begann bereits am Nachmittag die Gegend zu studieren.

Ein sehr enger, unbequemer Weg führte zum alten Marienkloster, in dem die Schwestern ein Pensionat betrieben. Inmitten einer herben Landschaft befinden sich das Gebäude und die Gärten; der ganze Komplex liegt auf einem Bergkegel, der terrassenförmig ansteigt und von starken Mauern durchzogen wird, längs deren der Sankt-Marien-Fluss entlang fließt, der in diesem Teil seines Laufes unterirdisch wird. Der andere Abhang ist von starken Nadelwäldern bedeckt. Zwei Kreuzwege sind Zugänge für die Holzfäller. Dort gibt es Grotten und Felsen, die an Sonntagen das Ziel von zahlreichen Ausflügen sind.

Auf dieser Seite legte Raoul sich auf die Lauer. Die Gegend war einsam. Man hörte fernhin die Schläge der Holzfäller. Raoul sah von seinem Platze aus die regelmäßigen Beete und Alleen des Gartens, die, von Linden eingefasst, den Pensionärinnen als Spaziergänge dienen. Nach einigen Tagen kannte er die Pausen und überhaupt die ganze Einteilung des Klosterlebens. Nach Tisch war die Allee über der Schlucht für die »Großen« reserviert.

Erst am vierten Tage tauchte die Dame mit den grünen Augen, die sich inzwischen sicherlich im Innern des Klosters erholt hatte, in dieser Allee auf. Jede von den Großen schien kein anderes Bestreben zu kennen, als sie eifersüchtig für sich mit Beschlag zu belegen.

Raoul sah sofort, dass sie sich verändert hatte, wie ein Kind, das eine Krankheit überwunden hat und sich nun in der freien Luft im Gebirge erholen soll. Sie war gekleidet wie die anderen jungen Mädchen und bewegte sich heiter, lebhaft und liebenswürdig unter ihnen; sie spielte und rannte mit ihnen um die Wette, und ihr Lachen tönte, vom Echo wiederholt, von den Bergen wider.

Dann mussten die anderen wieder zum Unterricht, und Aurelie blieb allein. Sie blieb gleich heiter wie vorher, wurde keineswegs melancholisch. Sie trieb allerlei Kurzweil, hob Tannenzapfen auf, pflückte Blumen und legte sie an einer nahen Kapelle nieder.

Aurelie bewegte sich mit großer Anmut. Sie unterhielt sich leise mit einem kleinen Hund oder mit einer Katze, die schmeichlerisch um ihre Knöchel strich. Insgeheim legte sie etwas Rot auf und puderte sich; dann bemühte sie sich wieder, den Puder zu verwischen – es musste wohl verboten sein.

Am achten Tage überstieg sie die Mauer und gelangte zur äußersten Terrasse, an deren Ende sich eine Hecke befand.

Am neunten ging sie mit einem Buch in der Hand an denselben Ort. Da entschloss sich Raoul endlich, sie am neunten Tage während der Pause zu sprechen.

Er musste sich erst durch das dichte Unterholz schleichen, das den Waldrand einfasste, dann musste er einen Teich überqueren. Der Sankt-Marien-Bach mündet hinein wie in ein großes Becken, bevor er dann wieder unterirdisch weitergeht. An einem Pfahl war ein morscher Kahn befestigt; mit Hilfe von alten Rudern gelang es ihm so, eine kleine Bucht zu erreichen, die sich unmittelbar unter der Terrasse befand.

Die Terrassenmauer bestand aus flachen Steinen, die einfach übereinandergelegt waren; in den Fugen blühten wilde Blumen. Regenfälle hatten Sandstreifen abgesetzt und stufenartige Auswaschungen gebildet, die von den Jungen der Umgebung mit Vorliebe zu Kletterkunststücken benutzt wurden. Raoul gelangte mühelos nach oben. Auf der Terrasse befand sich eine Sommerlaube mit Sitzgelegenheiten. In der Mitte stand eine hübsche Terrakottavase.

Er hörte das Summen der Pause. Dann trat Stille ein. Er vernahm Schritte, die sich näherten. Eine Stimme sang leise eine Romanze. Er spürte, wie sein Herz klopfte. Was würde sie sagen, sobald sie ihn sähe?

Geräusch. Zweige wurden auseinandergebogen wie ein Vorhang, durch den man ein Zimmer betritt. Es war Aurelie.

Sie blieb stehen, hörte auf zu singen, und ihre ganze Haltung drückte äußerste Verblüffung aus. Ihr Buch, ihr Strohhut, den sie mit Blumen gefüllt hatte, fielen zu Boden. Sie rührte sich nicht – in ihrem einfachen Kleide eine rührende und zarte Silhouette ...

Sie erkannte Raoul erst etwas später. Sie errötete, wich zurück und flüsterte:

»Gehen Sie ... Gehen Sie ...«

Es fiel ihm gar nicht ein, ihrer Aufforderung nachzukommen; er schien gar nicht gehört zu haben, was sie gesagt hatte. Er betrachtete sie schweigend mit unsagbarem Vergnügen.

Da wiederholte sie energisch:

»Gehen Sie!«

»Nein.«

»Dann soll ich gehen?«

»Dann komme ich mit. Dann kehren wir gemeinsam ins Kloster zurück.«

Sie drehte sich um, als wollte sie fliehen. Er trat näher und packte sie beim Arm.

»Rühren Sie mich nicht an!« fuhr sie empört auf und versuchte, sich freizumachen. »Ich verbiete Ihnen, mich anzufassen – ich verbiete Ihnen, sich auch nur in meiner Nähe aufzuhalten.«

Er war von ihrer Heftigkeit überrascht:

»Warum denn?«

Sie antwortete sehr leise:

»Ich hasse Sie.«

Ihre Antwort war so außergewöhnlich, dass er lächeln musste.

»So sehr hassen Sie mich?«

»Ja.«

»Noch mehr als Marescal?«

»Ja.«

»Noch mehr als Guillaume aus der Villa Tarandoni?«

»Ja, ja, ja!«

»Immerhin haben diese Menschen Ihnen allerhand antun wollen, und ohne ...«

Sie schwieg. Sie hatte ihren Hut aufgehoben und drückte ihn gegen den unteren Rand ihres Gesichts, sodass er ihre Lippen nicht sehen konnte. Damit war ihr ganzes Benehmen erklärt. Sie hasste ihn nicht, weil er der Zeuge ihrer Verbrechen war, sondern weil er sie in seinen Armen gehalten und sie auf den Mund geküsst hatte. Eine etwas seltsame Scheu bei einem Menschen, der so viele Verbrechen begangen hatte!

Trotzdem wich Raoul einige Schritte zurück und sagte:

»Sie müssen jene Nacht vergessen! Ich bin auch gar nicht hierhergekommen, um Sie an diese Dinge zu erinnern. Der Zufall hat mich Ihnen in den Weg geführt und mir gleich beim ersten Schritt ermöglicht, Ihnen nützlich zu sein. Weisen Sie meine Hilfe also nicht zurück. Mehr denn je droht Ihnen Gefahr. Was vermögen Sie allein gegen Ihre erbitterten Feinde?«

»Gehen Sie!«

Sie blieb unbeweglich stehen und vermied es, Raoul anzusehen. Sie ging nicht fort.

»Gehen Sie! Hier habe ich Ruhe gefunden. Sie haben mit allen diesen Dingen zu tun gehabt ... mit allen diesen ... Höllendingen ...«

»Gott sei Dank!« entgegnete er. »Ich werde auch mit den kommenden Dingen zu tun haben. Glauben Sie, dass man Sie nicht sucht? Glauben Sie, dass Marescal auf Sie verzichtet? Er sucht nach Ihnen. Und er wird Sie finden. Wenn Sie hier einige glückliche Kindheitsjahre verlebt haben, wie ich vermute, so wird Marescal das in Erfahrung bringen und Sie zu finden wissen.«

Er sprach sehr sanft, aber so eindringlich, dass sie sich der Wirkung seiner Worte nicht entziehen konnte. Es klang schon viel unsicherer und zögernder:

»Gehen Sie ...«

»Gewiss, aber ich werde morgen wieder da sein und übermorgen, und Sie an jedem Tage zur gleichen Stunde erwarten. Ich will nichts wissen, und die Wahrheit wird ganz von allein an den Tag kommen. Aber es gibt andere Dinge, die im Augenblick viel wichtiger sind, über die ich Fragen an Sie stellen muss, und diese Fragen werden Sie beantworten müssen. Mehr wollte ich Ihnen heute nicht sagen. Denken Sie nach, aber seien Sie ganz ruhig. Gewöhnen Sie sich an den Gedanken, dass ich immer da bin. Sie brauchen nicht zu verzweifeln.«

Ohne ein Wort zu sagen, ohne auch nur mit dem Kopfe zu nicken, ging sie. Raoul beobachtete sie: sie ging die Terrassen hinunter und bog in die Lindenallee ein. Als er sie nicht mehr sah, hob er einige von den Blumen auf; dann musste er über sich selbst lächeln.

Er ging zurück, wie er gekommen war, überquerte den Teich und ging im Walde spazieren. Er wurde das Bild der Dame mit den grünen Augen nicht los.

Am nächsten Tage ging er wieder zur Terrasse. Aurelie kam nicht, ebensowenig an den beiden folgenden Tagen. Aber am vierten Tage bog sie das Laub auseinander, ohne dass er ihr Kommen hatte hören können.

Er begriff an ihrer Haltung, dass er sich nicht bewegen, dass er kein Wort sagen dürfe, falls er sie nicht verjagen wollte. Sie war wie am ersten Tage eine Gegnerin, die sich dagegen wehrt, dass ihr Gegner ihr Gutes erwiesen hat.

Ihre Stimme war jedoch weniger hart, als sie mit halbabgewandtem Kopfe sagte:

»Ich hätte nicht kommen sollen. Der guten Schwestern wegen hätte ich es nicht tun sollen. Aber dann dachte ich mir wieder, dass ich ... Ihnen danken müsste ... und vielleicht behilflich sein könnte ... Und dann habe ich auch Angst ... ja, große Angst wegen all der Dinge, die Sie mir gesagt haben. Fragen Sie also – ich will antworten.«

»Auf alle Fragen?« sagte er.

»Nein, nicht auf alle«, entgegnete sie beklommen, »nicht über die Nacht von Beaucourt ... sonst ja ... Und bitte, machen Sie es kurz ... Was wollen Sie wissen?«

Raoul dachte nach. Die Fragen waren schwer zu stellen, da sie alle Licht in das Dunkel bringen sollten und das Mädchen selbst zu zusammenhängenden Aussagen nicht zu bringen war.

Er begann:

»Wie heißen Sie?«

»Aurélie ... Aurélie d'Asteux.«

»Woher kommt der Name Léonie Balli? Ist das ein Pseudonym?«

»Nein, Léonie Balli existiert wirklich. Sie fühlte sich nicht wohl und war in Nizza geblieben. Unter den Schauspielern, mit denen ich von Nizza nach Marseille reiste, befand sich ein Bekannter, mit dem ich im vergangenen Jahre bei einer Liebhaberaufführung die ›Veronika‹ gespielt hatte. Da haben mich dann alle gebeten, für Léonie Balli einzuspringen. Sie waren so verzweifelt, dass ich ihrem Drängen schließlich nachgab. Der Direktor in Toulouse wurde eingeweiht, und er ließ absichtlich in letzter Minute keine neuen Plakate drucken. Und so wurde ich allgemein für die Balli gehalten.«

Raoul sagte:

»Sie sind also nicht Schauspielerin ... das ist auch besser so ...«

Sie runzelte die Brauen:

»Bitte fragen Sie weiter!«

»War der Mann, der beim Verlassen der Konditorei auf dem Boulevard Haussmann drohend den Stock gegen Marescal hob, Ihr Vater?«

»Mein Stiefvater.«

»Wie heißt er?«

»Brégeac.«

»Was ist er?«

»Leiter der Rechtsabteilung im Ministerium des Innern.«

»Folglich der direkte Vorgesetzte von Marescal?«

»Ganz recht. Sie haben einander nie recht leiden mögen. Marescal, der vom Minister stark unterstützt wird, möchte meinen Stiefvater gern überflügeln, und mein Stiefvater möchte sich seiner gern entledigen.«

»Und Marescal liebt Sie?«

»Er hat um meine Hand angehalten. Ich habe ihm einen Korb gegeben. Mein Stiefvater hat ihm das Haus verboten. Er hasst uns und hat geschworen, sich an uns zu rächen.«

»Und an einem anderen. Wie heißt der Mann von der Villa Tarandoni?«

»Jodot.«

»Beruf?«

»Das weiß ich nicht. Er besuchte ab und zu meinen Stiefva-ter.«

»Und der dritte?«

»Guillaume Ancivel, der ebenfalls bei uns verkehrte. Er ar-beitet an der Börse und macht Geschäfte.«

»Die mehr oder weniger krumm sind?«

»Ich weiß nicht ... vielleicht ...«

Raoul fasste zusammen:

»Das sind also Ihre drei Gegner ... andere sind doch nicht vorhanden ... oder doch?«

»Gewiss. Mein Stiefvater.«

»Der Mann Ihrer Mutter?«

»Meine arme Mutter ist tot.«

»Und diese Leute verfolgen Sie alle aus demselben Grunde? Wahrscheinlich wegen des Geheimnisses, das Sie von einem dieser Menschen wissen?«

»Ja, mit Ausnahme von Marescal, der keine Ahnung hat und nur seine Rache kennt.«

»Können Sie mir einige Angaben, wenn nicht über das Geheimnis selbst, so wenigstens über die damit verknüpften Zusammenhänge machen?«

Sie dachte einen Augenblick nach, dann sagte sie:

»Ja, das kann ich. Ich kann Ihnen sagen, was die anderen wissen und warum sie so erbittert sind.«

Aurelie, die bis dahin ruhig und nüchtern gesprochen hatte, schien für die nun kommenden Mitteilungen mehr Interesse zu zeigen:

»Mein Vater war der Vetter meiner Mutter und ist vor mei-ner Geburt gestorben. Er hinterließ ein geringes Vermögen, dazu kam eine Rente, die uns mein Großvater d'Asteux ausge-setzt hatte, Mamas Vater, ein wundervoller Mensch, Künstler, Erfinder, der immer Entdeckungen machte und Geheimnisse erforschte und der wegen seiner angeblich wunderbaren Entdeckungen ununterbrochen auf Reisen war. Ich habe ihn noch gekannt und höre noch, wie er mir immer gesagt hat:

›Die kleine Aurelie wird eines Tages sehr reich sein. Für sie arbeite ich ja einzig und allein.‹

Ich war gerade sechs Jahre alt, als er uns, Mama und mich, bat, zu ihm zu kommen, ohne dass jemand etwas davon erfahren sollte. Eines Abends setzten wir uns in den Zug und blieben zwei Tage bei ihm. Bevor wir abfuhren, sagte meine Mutter zu mir in seiner Gegenwart:

›Aurelie, du darfst keinem Menschen jemals sagen, wo du während dieser zwei Tage gewesen bist oder was du gemacht oder gesehen hast. Von heute ab bist auch du in dieses Geheimnis eingeweiht, und wenn du zwanzig Jahre alt bist, wird dieses Geheimnis dich sehr reich machen.‹

›Sehr reich‹, bestätigte mein Großvater. ›Schwöre uns also, dass du zu niemandem davon sprechen wirst.‹

›Zu niemandem‹, fügte meine Mutter hinzu, ›außer zu dem Manne, den du eines Tages lieben wirst und zu dem du das Vertrauen hast, dass er ebenso sicher ist wie du selbst.‹

Ich leistete alle Eide, die man von mir verlangte. Die Unterhaltung hatte großen Eindruck auf mich gemacht und ich weinte.

Einige Monate später verheiratete sich Mama zum zweiten Male mit Brégeac. Es war eine Heirat, die nicht glücklich war und sehr bald endete. Im Laufe des folgenden Jahres starb meine arme Mutter an einer Brustfellentzündung. Unmittelbar vor ihrem Tode steckte sie mir ein Stück Papier zu, das alle Angaben über die Gegend enthielt, in die wir seinerzeit gereist waren, und mir auseinandersetzte, wie ich mich zu benehmen hätte, sobald ich zwanzig Jahre alt wäre. Fast zur gleichen Zeit starb auch mein Großvater d'Asteux. Mein Stiefvater entledigte sich meiner, indem er mich hier in dieses Marienkloster schickte. Ich war sehr traurig, da ich ganz allein war, aber die Kenntnis eines wichtigen Geheimnisses gab mir Kraft. Es war an einem Sonntag. Ich suchte eine einsame Stelle, und ich kam hier auf die Terrasse, um einen Plan auszuführen, den mein Kinderhirn ausgebrütet hatte. Die von meiner Mutter gemachten Angaben wusste ich auswendig. Wozu sollte ich ein Dokument aufheben, von dem ich überzeugt war, dass alle Welt es kennenlernen würde, wenn ich es bei mir behielte? Ich verbrannte es in dieser Vase.«

Raoul hob den Kopf.

»Und Sie haben die Angaben vergessen?«

»Ja. Nach und nach habe ich mich hier eingewöhnt, und inmitten all der Liebe, mit der man mich umgab, sind sie aus meinem Gedächtnis verschwunden. Ich habe den Namen der Gegend vergessen, den Ort, die Eisenbahnstrecke, die dorthin führt, und auch die Dinge, die ich zu tun hatte ... alles.«

»Wirklich alles?«

»Mit Ausnahme einiger Landschaften und einiger Eindrücke, die sich mir besonders deutlich eingeprägt hatten ... Bilder, die ich immer vor Augen gehabt habe ... einiger Glockenklänge, die ich noch immer zu hören vermeine, als ob sie niemals zu läuten aufhörten.«

»Und diese Eindrücke, diese Bilder wollen Ihre Feinde kennenlernen, weil sie hoffen, dann hinter Ihr Geheimnis zu kommen?«

»Ja.«

»Woher wussten sie denn überhaupt etwas?«

»Meine Mutter hatte die Unvorsichtigkeit begangen, einige Briefe, in denen mein Großvater Andeutungen über das mir anvertraute Geheimnis gemacht hatte, nicht zu vernichten. Während der zehn Jahre, die ich hier verbrachte – vielleicht sind es die schönsten Jahre meines Lebens gewesen – sprach Brégeac, der die Briefe an sich genommen hatte, niemals von ihnen. Aber am gleichen Tage, an dem ich nach Paris zurückkehrte, vor etwa zwei Jahren, fragte er mich. Ich sagte ihm, was ich auch Ihnen gesagt habe. Das war mein gutes Recht, ich wollte jedoch keine jener verschwommenen Erinnerungen preisgeben, die ihn auf die richtige Fährte hätten bringen können. Von diesem Augenblick an wurde ich ununterbrochen verfolgt, es gab Vorwürfe, Streitigkeiten, entsetzliche Wutausbrüche ... bis zu dem Moment, wo ich mich zu meiner Flucht entschloss.«

»Allein?«

Sie errötete.

»Nein«, sagte sie. »Guillaume Ancivel machte mir den Hof, sehr zurückhaltend, so etwa, wie einer, der sich nur nützlich machen will, und dabei weiß, dass er niemals belohnt werden wird. So gelang es ihm, wenn auch nicht meine Zuneigung, so immerhin mein Vertrauen zu erringen, und ich war so töricht, ihm meine Fluchtpläne zu erzählen.«

»Er gab Ihnen gewiss recht?«

»Er unterstützte mich so gut er konnte, half mir bei den Vorbereitungen und verkaufte einige Schmucksachen und Effekten, die ich noch von meiner Mutter hatte. Am Tage vor meiner Abreise wusste ich nicht, wohin ich mich wenden sollte. Da sagte Guillaume: ›Ich komme aus Nizza und muss morgen wieder nach Nizza zurück. Soll ich Sie begleiten? Ruhiger als an der Riviera ist es jetzt nirgends.‹ Warum hätte ich sein Anerbieten ablehnen sollen? Ich liebte ihn zwar nicht, aber er schien mir aufrichtig und ehrlich zugetan zu sein. Ich nahm an.«

»Wie unvorsichtig!«

»Ganz recht«, sagte sie. »Aber was sollte ich tun? Ich war allein, ich war unglücklich und fühlte mich verfolgt. Hier bot sich eine Stütze ... wenigstens für einige Stunden, schien mir. Wir reisten also ab.«

Aurelie zögerte etwas. Dann fuhr sie schnell fort:

»Die Reise war fürchterlich ... aus Gründen, die Ihnen bekannt sind. Als Guillaume mich in den Wagen warf, den er dem Arzt geraubt hatte, war ich am Ende meiner Kräfte. Er konnte mich hinschleppen, wohin er wollte; so ging es zunächst zum nächsten Bahnhof; und da wir bereits Fahrkarten hatten, fuhren wir nach Nizza, wo ich mir mein Gepäck abholte. Ich war im Fieber, es war wie ein Delirium. Ich handelte, ohne mir meiner Handlungen bewusst zu werden. Diesen Zustand benutzte er, um sich am nächsten Tage in meiner Begleitung in eine Besitzung zu begeben, wo er sich Wertpapiere holen wollte, die ihm gestohlen worden waren. Ich dachte an nichts. Ich gehorchte. In dieser Villa wurde ich von Jodot überfallen und entführt ...«

»Und zum zweiten Male von mir gerettet; ich wurde prompt zum zweiten Male ... durch Ihre Flucht belohnt! Lassen wir das. Auch Jodot wollte Angaben gemacht haben, nicht wahr?«

»Jawohl.«

»Und dann?«

»Ich kehrte ins Hotel zurück, wo Guillaume mich anflehte, ihm nach Monte Carlo zu folgen.«

»Aber in diesem Augenblick wussten Sie doch über den Menschen Bescheid?«

»Woher? Man erkennt, wenn man hinsieht. Ich lebte doch seit zwei Tagen in einer Art Wahnsinn und war durch Jodots Überfall fast um den Verstand gebracht worden. Ich folgte Guillaume also, ohne ihn nach dem Zweck der Reise zu fragen. Ich war wehrlos, schämte mich meiner Feigheit; die Gegenwart dieses Menschen, der mir fremder und fremder wurde, lastete auf mir ... Was habe ich in Monte Carlo eigentlich getan? Ich weiß es selbst nicht. Guillaume hatte mir Briefe anvertraut, die ich ihm im Flur eines Hotels übergeben sollte und die er an einen Herrn weitergeben sollte. Was für Briefe? An was für einen Herrn? Warum war Marescal da? Und wie kam es, dass Sie mich ihm entrissen haben? All das ist mir völlig unklar. Immerhin war mein Instinkt wieder wach geworden. Ich wurde immer feindseliger gegen Guillaume. Ich verabscheute ihn. Und ich verließ Monte Carlo mit dem festen Entschluss, mit ihm zu brechen und mich hier zu verbergen. Er verfolgte mich bis Toulouse, und als ich ihm am frühen Nachmittag mitteilte, dass ich fest entschlossen sei, ihn zu verlassen und nichts, aber auch nichts mich wankend machen könne, antwortete er mir kalt und hart, ohne mit der Wimper zu zucken:

›Gut. Trennen wir uns. Im Grunde ist es mir gleich. Aber ich stelle eine Bedingung.‹

›Eine Bedingung?‹

›Ja. Ich habe gehört, wie Ihr Stiefvater eines Tages von einem Geheimnis sprach, das er Ihnen hinterlassen hat. Sagen Sie mir dieses Geheimnis, und Sie sind frei.‹

Da verstand ich alles. Seine Beteuerungen, seine Fürsorge, alles war Lüge. Er hatte nur einen Zweck verfolgt: Früher oder später durch Liebe oder durch Drohungen hinter mein Geheimnis zu kommen, das auch Jodot mir entreißen wollte.«

Sie schwieg. Raoul beobachtete sie. Er war fest davon überzeugt, dass sie die Wahrheit gesagt hatte. Und er fragte sie:

»Wollen Sie genau wissen, was das für ein Mensch ist?«

Sie schüttelte den Kopf:

»Muss das sein?«

»Es ist besser. Die Wertpapiere, die er in der Villa Tarandoni in Nizza suchte, waren gar nicht sein Eigentum. Er wollte sie stehlen. In Monte Carlo verlangte er hunderttausend Franken für die Herausgabe der kompromittierenden Briefe. Ein Dieb und Erpresser. Jetzt kennen Sie den Menschen ganz.«

Aurelie widersprach nicht mehr. Sie hatte die Wirklichkeit wohl schon längst geahnt, und das brutale Feststellen der Tatsachen konnte sie nicht mehr erschüttern.

»Sie haben mich vor ihm bewahrt, ich danke Ihnen.«

»Sie hätten nur schon früher Vertrauen zu mir haben sollen! Mein Gott, was haben wir für Zeit verloren!«

Sie wollte bereits gehen, drehte sich aber noch einmal um:

»Warum sollte ich Vertrauen zu Ihnen haben? Wer sind Sie? Ich kenne Sie nicht. Marescal, der Sie verdächtigt, weiß nicht einmal Ihren Namen. Sie haben mich gerettet – weswegen? Wozu? Ich weiß nichts. Ich begreife nichts. Seit zwei oder drei Wochen umgibt mich eine Mauer von Dunkelheit. Ich muss allem und allen misstrauen.«

Er ließ sie gehen.

Auch er ging und dachte:

Sie hat die fürchterliche Nacht mit keinem einzigen Wort erwähnt. Miss Bakefield ist tot. Zwei Männer sind ermordet worden. Und ich habe sie maskiert und in Männerkleidung gesehen.

Auch für ihn war alles geheimnisvoll und unerklärlich. Auch er war von einer Mauer von Dunkelheit umgeben.

Zwei Tage sah er sie nicht. Dann kam sie wieder drei Tage hintereinander, ohne eine Erklärung zu geben, aber er hatte das Gefühl, sie sei gekommen, um gleichsam Schutz zu suchen.

Zuerst blieb sie zehn Minuten, dann fünfzehn, dann eine halbe Stunde. Sie sprachen wenig. Wider Willen wurde sie vertrauensvoller. Sie war weniger abwesend, es kam sogar vor, dass sie Fragen an ihn stellte. Kamen sie jedoch im Gespräch irgendwie auf Ereignisse, die mit der Nacht von Beaucourt zusammenhingen, so war sie sofort wieder verwirrt und verstört. Allmählich wurde sie freier, dann sprach sie am liebsten von ihrer Kindheit, von den sorglosen Tagen, die sie hier in Sainte-Marie verlebt habe, und von dem Frieden, den sie an dieser Stätte wiederzufinden hoffe.

Er bestärkte sie in dieser Zuversicht. Ihre Feinde hatten augenscheinlich ihre Spur verloren. Zwei, drei Wochen friedlichen Lebens vergingen ungetrübt. Er selbst fürchtete sich bisweilen vor dieser Ruhe. Aber nur zu gern überließ er sich diesem trügerischen Frieden.

Das Erwachen war entsetzlich genug. Als sie eines Nachmittags nebeneinander standen und auf den Teich blickten, hörten sie, wie eine Stimme in weiter Entfernung rief:

»Aurelie! ... Aurelie! ... Wo ist Aurelie?«

»Mein Gott!« sagte das junge Mädchen sehr unruhig, »warum ruft man mich?«

Sie lief zum äußersten Ende der Terrasse und sah in der Lindenallee eine Nonne.

»Hier bin ich! Hier! Was ist denn los, Schwester?«

»Ein Telegramm, Aurelie.«

»Ein Telegramm? Bemühen Sie sich nicht, Schwester. Ich komme zu Ihnen.«

Als sie wenige Augenblicke später die Laube wieder betrat, war sie vollkommen außer Fassung.

»Von meinem Stiefvater.«

»Brégeac?«

»Ja.«

»Sie sollen zurückkommen?«

»Nein, aber er kann jede Minute hier eintreffen.«

»Warum?«

»Er will mich abholen.«

»Unmöglich!«

»Da ...«

Er las die beiden Zeilen (das Telegramm war aus Bordeaux):

```
Eintreffe vier Uhr. Reisen sofort
gemeinsam weiter.
Brégeac.
```

Raoul dachte nach; dann fragte er:

»Haben Sie ihm geschrieben, dass Sie hier sind?«

»Nein, aber er holte mich in den Ferien hier immer ab, und er wird wohl angefragt haben ...«

»Was wollen Sie tun?«

»Was kann ich tun?«

»Sich weigern, ihm zu folgen.«

»Die Oberin wird mich nicht hierbehalten wollen.«

»Dann müssen Sie jetzt sofort abreisen.«

»Wie? Abreisen? Dieses Kloster wie eine Schuldige verlassen? Damit würde ich den guten Frauen hier zu großen Kummer bereiten. Sie lieben mich, als wäre ich ihre Tochter. Nein, das niemals!«

Sie war sehr müde. Sie setzte sich auf eine Steinbank. Raoul näherte sich ihr und sagte sehr ernst:

»Ich habe den großen Fehler begangen, in den letzten Wochen unaufmerksam zu werden und nicht so auf Ihren Schutz bedacht zu sein, wie ich es hätte tun sollen. Ich hätte misstrauisch bleiben und schon in den ersten Tagen Ihre Abreise durchsetzen müssen, die ich von vornherein für unvermeidbar hielt. Aber meine Empfindungen ... Nein, nein, bleiben Sie nur ... Ich will nichts sagen, was Sie verletzen könnte. Immerhin müssen Sie fühlen, dass ich für Sie sorge, wie ein Mann für eine Frau sorgt ..., die alles für ihn bedeutet. Und Sie müssen nicht nur Vertrauen zu mir haben, Sie müssen mir auch bedingungslos gehorchen. Denn es handelt sich um Ihre Rettung. Begreifen Sie das jetzt?«

»Ja«, sagte sie einfach.

»So hören Sie. Nehmen Sie Ihren Vater ohne jeden Widerspruch auf. Kein Streit. Keine Unterhaltung. Kein Wort. Auf diese Weise können Sie keine Fehler begehen. Kein Wort. Reisen Sie mit ihm. Kehren Sie nach Paris zurück. Am Abend Ihrer Ankunft gehen Sie unter irgendeinem Vorwand aus. Eine ältere Dame mit weißen Haaren wird Sie in unmittelbarer Nähe Ihrer Wohnung in einem Automobil erwarten. Ich werde Sie beide in die Provinz bringen, an einen Zufluchtsort, wo niemand Sie aufspüren wird, und ich werde erst zu Ihnen zurückkehren, wenn Sie mich rufen. Einverstanden?«

»Ja«, nickte sie mit dem Kopfe.

»Also auf morgen Abend. Und vergessen Sie meine Ratschläge nicht. Was auch geschehen mag, wenn sich das Schicksal scheinbar gegen uns wendet, lassen Sie den Mut nicht sinken. Werden Sie nicht unruhig. Wiederholen Sie sich immerzu, dass selbst in der größten Gefahr keine Gefahr für Sie besteht. Ich werde zur Stelle sein. Ich empfehle mich, meine Gnädigste.«

Dann war er verschwunden.

Aurelie hatte sich nicht gerührt.

Eine halbe Minute verging.

In diesem Augenblick hörte sie ein Knistern und hob den Kopf. Das Gebüsch bewegte sich.

Sie wollte schreien, um Hilfe rufen. Sie konnte nicht. Ihre Stimme versagte.

Das Laub bewegte sich stärker. Ein Kopf tauchte auf. Marescal trat aus seinem Versteck.

VII. HÖLLE

ie Lage der Terrasse war so entlegen, dass Aurelie und Raoul sich immer ungestört hatten treffen und miteinander unterhalten können. Dieser Umstand kam auch Marescal zustatten. Und man sah, dass er sich keineswegs beeilte.

»Nun, mein Fräulein, ich glaube, die Ereignisse haben sich für mich sehr günstig entwickelt. Hier werden Sie mir nicht entkommen. Hier siegt der Stärkere.«

Aurelie sah ihn an. Wahnsinnige Angst machte sie starr und unbeweglich. Kein Laut. Sie wartete.

Er bemerkte das Telegramm und spottete:

»Unser lieber Brégeac teilt Ihnen seine unmittelbare Ankunft mit? ... Ich weiß, ich weiß. Seit vierzehn Tagen überwache ich meinen verehrten Chef und kenne seine geheimsten Pläne. So bin ich ihm auch hier zuvorgekommen. Ich habe mich in aller Ruhe mit der Gegend vertraut gemacht und habe eben zu meinem Vergnügen gesehen, wie sich jemand entfernt hat. Ein Anbeter vermutlich? Vielleicht ein Liebhaber sogar! Ich wäre gar nicht überrascht ...«

Aurelie schwieg immer noch. Marescal geriet immer mehr in Hitze:

»Wir haben keine Zeit, nutzlos zu schwatzen. Wir müssen klar und deutlich miteinander reden. Ich will die Demütigungen, die ich erleiden musste, vergessen. Die Gegenwart zählt. Und der Mord im Zuge, die Flucht, die Gefangennahme durch die Gendarmen – all das sind tödliche Beweise gegen Sie. Ich habe Sie gefasst und kann jederzeit sagen: ›Hier ist die Frau, die getötet hat und die von der Polizei gesucht wird ...‹ Ich habe den Haftbefehl in der Tasche.«

Als Aurelie sich auch jetzt nicht rührte und seine Worte keinerlei Eindruck auf sie zu machen schienen, spielte er endlich seinen letzten Trumpf aus:

»Sie wissen, was Ihnen bevorsteht. Andererseits können wir sofort zu einer Verständigung kommen. Schwören Sie mir feierlich, dass Sie mir gehören werden und besiegeln Sie den Eid mit einem Kuss! Aber ich will keinen widerwilligen, hochmütigen Kuss ... So antworte doch, zum Teufel! Nimmst du meinen Vorschlag an? Ich habe es satt, dich die gekränkte Unschuld spielen zu sehen! Nun? Antworte, oder ...«

Dieses Mal ließ er wirklich eine Hand auf ihre Schulter fallen, während er mit der anderen Aurelie an der Kehle packte und sie zwingen wollte, ihn zu küssen. Marescal hielt plötzlich inne. Er spürte keinen Widerstand mehr. Aurelie war ohnmächtig geworden.

Darauf war Marescal nicht vorbereitet gewesen. Er hatte eigentlich keinen besonderen Plan verfolgt, er wollte nur vor Brégeacs Ankunft eine feierliche Erklärung erzwingen. Und nun entglitt ihm sein Opfer durch einen Zufall ...

Er beugte sich über sie, dann sah er um sich. Eine Mauer von Laub. Kein Zeuge. Keine Gefahr.

In Gedanken ging er bis an die Brüstung der Terrasse und betrachtete das einsame Tal, den Wald mit den dunklen Bäumen, der geheimnisvoll und unergründlich vor ihm lag und in dem er an zahlreichen Grotten vorübergekommen war. Wie wäre es, wenn er Aurelie in einer dieser Höhlen gefangensetzte, um sie seinem Willen gefügig zu machen? Vielleicht wäre das, unvorhergesehen und überraschend, Ende und Anfang des Abenteuers zugleich.

Er ließ einen leisen Pfiff ertönen. Ihm gegenüber, auf der anderen Seite des Teiches, bewegten sich zwei Arme am Waldrande. Es waren Zeichen, die er mit seinen beiden Helfern verabredet hatte. Die Barke war ebenfalls auf dieser Seite des Teiches festgemacht.

Marescal zögerte nicht länger. Er musste diese Gelegenheit beim Schopfe packen, bevor das junge Mädchen erwachte. Er warf ihr ein seidenes Tuch über den Kopf und schlang die beiden Enden zu Knoten, die als Knebel dienten. Dann hob er sie auf. Sie war sehr leicht. Trotzdem überlegte er, als er sah, wie steil der Abhang, der vom Regen glattgewaschen war, abfiel, welche Vorsichtsmaßnahmen er zu treffen habe. Er lehnte Aurelie von außen gegen die Brüstung.

Es war, als hätte er den unausbleiblichen Fehler begehen müssen. Denn mit einem Ruck hatte sich Aurelie das Tuch abgerissen und ließ sich, ohne Rücksicht auf die Gefahr, wie ein Stein den Abhang hinunterrollen. Steine und Sand umwirbelten sie wie eine Wolke.

Ohne sich zu besinnen, nahm er ihre Verfolgung auf. Er sah, wie sie auf gut Glück davonlief wie ein gehetztes Tier. Er erreichte sie mühelos und wollte sie gerade packen, als er neben sich etwas zu Boden fallen hörte. Er drehte sich um und sah einen Mann, der sich den unteren Teil des Gesichts mit einem Taschentuch verbunden hatte. Er fasste nach seinem Revolver – im gleichen Augenblick traf ihn ein Fußtritt mitten auf die Brust. Rückwärts stürzte er in das sumpfige Ufer. Wütend und um sich schlagend zielte er auf den Gegner, der in einer Entfernung von etwa fünfundzwanzig Schritt das junge Mädchen in die Barke trug.

»Halt, oder ich schieße!«

Raoul antwortete nicht. Er deckte Aurelie, die er auf die eine Ruderbank gelegt hatte, und sich durch eine Planke, die er aufrichtete. Dann stieß er das Boot ab.

Marescal schoss. Das heißt, er drückte fünfmal ab, aber keiner der Schüsse ging los. Die Waffe war vermutlich nass geworden. Er pfiff abermals, und die beiden Männer sprangen aus dem Gebüsch wie der Teufel aus dem Kasten.

Raoul befand sich in der Mitte des Teiches, etwa dreißig Meter vom anderen Ufer.

»Nicht schießen!« rief Marescal.

Und er hatte recht mit seinem Befehl. Denn wenn Raoul nicht mit dem Gießbach, der den Teich bildete, im Abfluss untergehen wollte, musste er gerade an der Stelle landen, wo die beiden Männer ihn erwarteten. Raoul bemerkte diesen Umstand. Er machte kehrt und trieb wieder auf das andere Ufer zurück, wo er es nur mit einem einzigen Gegner ohne Waffe zu tun hatte.

»Schießen!« rief Marescal, »jetzt müsst ihr schießen!« Einer der Männer gab Feuer.

Im Boote ertönte ein Aufschrei. Raoul ließ die Ruder los und fiel um. Das junge Mädchen warf sich verzweifelt über ihn. Die Ruder trieben ab. Das Boot blieb erst unbeweglich stehen, dann drehte es sich um seine eigene Achse und wurde von der Strömung zum Abfluss des Gießbaches hingetrieben.

Sie sind verloren, dachte Marescal.

Man sah deutlich, wie das Boot zwischen zwei Strömungen hin und her gerissen wurde, dann trieb es unaufhaltsam wie ein Pfeil auf den Abgrund zu und verschwand.

Es waren kaum zwei Minuten vergangen, seitdem die beiden Flüchtlinge das Ufer verlassen hatten.

Marescal rührte sich nicht. Er sah immer noch auf die dunkle Höhlung, in der das Boot verschwunden war, als habe es ein Höllenrachen verschlungen. Endlich weckte ihn der Anruf seiner beiden Helfer aus seiner Erstarrung. Sie hatten einen ziemlichen Umweg machen müssen, um zu ihm zu gelangen. Sie halfen ihm aus dem Sumpf heraus.

Dann gingen sie alle drei am Uferrand bis zur Stelle oberhalb der Abflusshöhle. Ein paar von Schilf und Wasserpflanzen überwucherte Steine deckten das Loch. Sie beugten sich vor und lauschten. Nichts. Nur das brausende Geräusch stürzenden Wassers. Und ein einziger Hauch, der zugleich mit den zerstiebenden Tropfen des kochenden Schaumes in die Luft flog.

»Die reine Hölle«, stammelte Marescal. »Sie ist tot ... Zu dumm ... Wenn dieser Narr sie nur in Ruhe gelassen hätte ...«

Sie gingen durch den Wald. Marescal schritt fürbass, als folge er einem Leichenzuge. Seine Gefährten stellten ihm Fragen. Diese Männer waren verdächtige Subjekte, deren er sich nur zu dieser Unternehmung hatte bedienen wollen. Er gab keine Antwort. Er hatte auch kein gutes Gewissen. Die Polizei würde mit der Untersuchung beginnen, seine Rolle käme ans Licht, und das bedeutete den Skandal. Brégeac würde sich unerbittlich an ihm rächen. So blieb ihm nur ein Ausweg: fliehen und die Gegend so unauffällig wie möglich verlassen. Er machte seinen Helfern angst, er sagte, eine Gefahr bedrohe sie, ihre Sicherheit erfordere, dass man auseinanderginge; das beste sei, jeder sorge für sich selbst, bevor Alarm geschlagen und ihre Anwesenheit laut würde. Er gab ihnen das Doppelte der vereinbarten Summe, vermied die Häuser von Luz und schlug den Weg nach Pierrefitte-Mestalas ein, in der Hoffnung, unterwegs einen Wagen zu treffen, der ihn an die Bahn zum Siebenuhrzug brachte.

Erst drei Kilometer hinter Luz traf er einen kleinen zweirädrigen Bauernwagen, auf dem ein Bauer in der Bluse und mit einem baskischen Barett saß.

Er stieg auf und sagte gebieterisch:

»Fünf Franken, wenn wir den Abendzug erreichen.«

Der Bauer rührte sich nicht; er schlug nicht einmal auf seinen klapprigen Schinder ein, der in der zu breiten Deichsel dahintrottete.

Die Fahrt war lang. Man kam nicht vorwärts. Man hätte sagen können, dass der Bauer sein Pferd zurückhalte.

Marescal geriet außer sich. Er schimpfte und fluchte und jammerte, er müsse den Zug unter allen Umständen erreichen. Er erhöhte die versprochene Belohnung auf zehn Franken. Dann auf zwanzig. Plötzlich schien er den Kopf verloren zu haben:

»Fünfzig Franken! Hier sind fünfzig Franken. Wir werden doch die restlichen zwei Kilometer in sieben Minuten schaffen können. Himmeldonnerwetter! Fünfzig Franken!«

Über den Bauern schien ein plötzlicher Anfall von Energie hereinzubrechen, als hätte er nur auf diesen herrlichen Vorschlag gewartet, um auf den armen Klepper einzuschlagen.

»He, Vorsicht, Sie werden noch umwerfen.«

Der Bauer schien sich aus dieser Möglichkeit nichts zu machen. Fünfzig Franken! Er schlug wie besessen auf das arme Tier ein. Der Wagen sprang von einem Wegrand zum anderen. Marescal wurde immer unruhiger.

»Das ist ja Irrsinn! ... Halt! ... Langsamer! ... Da haben wir's!«

»Sie hatten es« in der Tat. Der Wagen stürzte um, die beiden Männer fielen in den Graben, während das wütende Tier wie rasend ausschlug.

Marescal fühlte sofort, dass ihm nichts geschehen war. Aber der Bauer lag mit seinem ganzen Gewicht auf ihm. Er wollte sich freimachen, er konnte es nicht. Und plötzlich hörte er eine liebenswürdige Stimme, die ihm ins Ohr flüsterte:

»Darf ich um Feuer bitten?«

Marescal wurde eiskalt. Er stammelte:

»Der Mann aus dem Zuge ...«

»Der Mann aus dem Zuge, ganz recht«, flüsterte es ihm ins Ohr.

»Der Mann von der Terrasse«, stöhnte Marescal.

»Bravo ... Der Mann aus dem Zuge, der Mann von der Terrasse ... Der Mann aus Monte Carlo, der Mann vom Boulevard Haussmann, der Mörder der beiden Brüder Loubeaux, Aurelies Helfer, der kühne Schiffer, der tapfere Rennfahrer vom Bauernwagen ... alles in einer Person!«

Das Tier hatte sich ausgetobt. Raoul zog vorsichtig seine Bluse aus und band damit den Kommissar so, dass dieser weder Arme noch Beine bewegen konnte. Er stieß den Wagen zurück, löste das Geschirr und band den Kommissar mit den verfügbaren Riemen. Zuletzt band er ihn mit den Zügeln an eine Birke.

»Du hast kein Glück mit mir, lieber Rodolphe; zum zweiten Male muss ich dich bandagieren wie eine Mumie. Du hast dir das etwas anders vorgestellt, was? Du kannst außer Sorge sein: Aurelie ist wohlbehalten.«

Raoul setzte sich in die Nähe des Kommissars.

»Ein seltsamer Schiffbruch, nicht wahr? Uns hat nicht einmal ein Wunder gerettet, denn jeder Eingeweihte weiß, dass der Gießbach zweihundert Meter tiefer in ein breites Bassin mündet, aus dem man bequem an Land gehen kann. An Sonntagen ist diese Fahrt der schönste Zeitvertreib für alle Schuljungen. Als ich den Schuss hörte, tat ich, als sei ich getroffen, weihte Aurelie ein, und die lustige Fahrt begann. Das Wagnis gelang. Ich begleitete Aurelie in den Garten des Klosters, wo inzwischen ihr Vater eingetroffen war. Dann holte ich meinen Koffer, besorgte mir diese Bauernkleidung und machte mich auf den Weg, um Aurelies Rückzug zu decken. Jetzt bin ich natürlich müde und will ein wenig schlafen. Hüte meinen Schlummer, Rodolphe. In dieser besten aller Welten muss jeder an seinem Platze stehen!«

Er schlief ein.

Es wurde Nacht.

Ab und zu erwachte Raoul, dann sprach er einige Worte über die funkelnden Sterne und den blauen Schimmer des Mondes. Dann schlief er wieder ein. Gegen Mitternacht hatte er Hunger. In seinem Koffer befand sich etwas zu essen. Er nahm Marescal den Knebel ab und bot ihm etwas an.

»Lass mich in Ruh! Du allein«, raste Marescal, »nur du bist der Hereingefallene, nicht ich! Weißt du, was du angerichtet hast? Ihr Stiefvater liebt sie!«

Raoul packte ihn, außer sich, an der Kehle:

»Idiot! Konntest du mir das nicht früher sagen, statt dir meine langen Reden anzuhören? Er liebt sie? Der Schurke! ... Alle lieben sie, dieses Teufelsmädchen!«

Dann trat er näher an Marescal heran und sagte:

»Hör' mich an, Marescal, ich werde sie ihrem Stiefvater schon abjagen. Aber lass sie in Ruh! Kümmere dich nicht mehr um uns!«

»Unmöglich.«

»Warum?«

»Sie hat einen Mord begangen.«

»Und du willst ...«

»... sie ihren Richtern zuführen. Und es wird mir gelingen, denn ich hasse sie.«

Er sagte es so hasserfüllt, dass Raoul erkannte, von nun an werde bei Marescal der Hass wirklich stärker als die Liebe sein.

»Tut mir leid, Rudolphe. Ich wollte dir einen Vorschlag zur Güte machen. Wie du willst. Vor allem wirst du eine schöne Nacht verbringen. Ich werde nach Lourdes reiten. In vier Stunden wird mich dieses vortreffliche Tier dorthin gebracht haben. Lebe wohl, Rudolphe.«

Er befestigte, so gut er konnte, seine Handtasche, stieg auf und verschwand ohne Sattel und ohne Bügel, indem er ein Jagdlied vor sich hinpfiff, im Dunkel der Nacht.

+++

Abends wartete in Paris eine alte Dame namens Victoire, die einst seine Amme gewesen war, in einem Automobil an der Ecke der Rue de Courcelles vor dem Hause, in dem Brégeac wohnte. Raoul saß am Steuer.

Aurelie kam nicht.

Im Morgengrauen bezog Raoul seinen Posten. Er bemerkte einen Lumpensammler, der um die Ecke bog, nachdem er mit seinem Stecken in den Abfällen herumgestochert hatte. Unter den Lumpen und unter der schmutzigen Mütze erkannte Raoul mit dem sehr besonderen Sinn, mit dem er die Men-

schen am Gang besser als an irgendwelchen anderen Anzeichen erkannte, den Mann, den er in der Villa Tarandoni und
auf dem Wege nach Nizza nur flüchtig gesehen hatte: den
Mörder Jodot.

Gegen acht Uhr verließ ein Dienstmädchen das Haus und
lief zur nahen Apotheke. Mit einer Banknote in der Hand
sprach er sie an und erfuhr, dass Aurelie, die am Tage vorher
mit Brégeac heimgekommen sei, mit hohem Fieber zu Bett lag.

Gegen Mittag umschlich Marescal das Haus.

VIII. Vorbereitungen zum Kampfe

Die Ereignisse kamen Marescal zu Hilfe. Da Aurelie an ihr Zimmer gefesselt war und nicht fliehen konnte, war Raouls Plan zunichte geworden. Marescal traf sofort seine Maßnahmen: die Pflegerin, die Aurelie zu behüten hatte, war Marescals Kreatur. Raoul erfuhr mühelos, dass sie ihm täglich Bericht erstattete. Hätte sich Aurelies Zustand gebessert, so wäre Marescal zur Tat geschritten. Da er nicht handelte, schloss Raoul, dass er seine guten Gründe haben müsse.

Raoul hatte einige gleichsam unfreiwillige Schlussfolgerungen ziehen müssen. Er ahnte jetzt die im Grunde einfache Wahrheit, weniger aus den Dingen selbst, als durch eine geistige Anstrengung, und er begriff, dass er nicht locker lassen dürfe.

Er sah deutlich gewisse Handlungen, aber die Motive blieben ihm dunkel. Die Personen des Dramas erschienen ihm noch als Automaten. Wollte er wirklich siegen, so genügte es nicht, Aurelie von Fall zu Fall zu schützen, sondern er musste die tiefen Ursachen erforschen, die auf alle diese Menschen während der tragischen Nacht eingewirkt hatten.

Alles in allem, sagte er sich, gibt es vier Hauptdarsteller, die alle um Aurelie kreisen und sie alle verfolgen: Guillaume, Jodot, Marescal und Brégeac. Die einen verfolgen sie aus Liebe, die anderen, um ihr das Geheimnis zu entreißen. Die Verschmelzung beider Elemente, Liebe und Habgier, bestimmen das ganze Abenteuer. Guillaume kommt im Augenblick nicht in Frage, Brégeac und Jodot beunruhigen mich nicht, solange Aurelie krank ist. Bleibt Marescal. Und dieser Feind muss überwacht werden.

Gegenüber von Brégeacs Haus war eine leere Wohnung, in der Raoul sich einrichtete. Bediente Marescal sich der Pflegerin, so hielt sich Raoul an das Dienstmädchen. Dreimal führte ihn das Mädchen, während die Pflegerin abwesend war, zu Aurelie ins Zimmer.

Das junge Mädchen schien ihn nicht zu erkennen. Sie war vom Fieber noch so geschwächt, dass sie nur einige unzusammenhängende Worte sprechen konnte, dann fielen ihr wieder die Augen zu. Aber sie hörte ihn, das stand fest, und es schien; als ob seine ruhige, sichere Stimme eine gute Wirkung auf sie ausübe.

»Ich bin es, Aurelie. Sie sehen, ich halte mein Versprechen. Seien Sie unbesorgt, ich werde Sie von allen Nachstellungen befreien. Ich denke nur an Sie und rekonstruiere Ihr Leben. Ich glaube an Ihre Unschuld. Und glaubte schon daran, auch als ich Sie beschuldigen musste.

Ich bitte Sie nur um eins: wenn man Sie fragt, geben Sie keine Antwort. Wenn Ihnen jemand schreibt, geben Sie keine Antwort. Wenn Sie von hier abreisen sollen, weigern Sie sich. Haben Sie Vertrauen, auch in den grausamsten Stunden. Ich bin da, denn ich liebe Sie und lebe nur für Sie.«

Das Gesicht des jungen Mädchens entspannte sich. Sie schlief, wie von einem glücklichen Traum gewiegt, ein.

Raoul schlich in Brégeacs Zimmer und suchte nach Papieren oder Anhaltspunkten, die ihm hätten helfen können. Vergeblich.

Auch in Marescals Wohnung in der Rue de Rivoli machte er mehrmals gründliche Haussuchung.

Er zog auch sorgfältige Erkundigungen im Ministerium des Innern ein, in dem die beiden Männer arbeiteten. Ihre Gegnerschaft und ihr Hass waren aller Welt bekannt. Jeder wurde an höchster Stelle gestützt. Um ihre Köpfe kämpften im Ministerium und im Polizeipräsidium Vorgesetzte. Der Dienst litt darunter. Die beiden Männer beschuldigten einander schwerer Verfehlungen. Man sprach von einer Pensionierung. Wer von beiden würde daran glauben müssen?

Eines Tages sah Raoul, der sich hinter einem Vorhang versteckt hatte, wie Brégeac sich Aurélies Bett näherte. Er war ziemlich groß, hatte eine ganz gute Haltung, sein mageres gelbes Gesicht war das Gesicht eines Gallenkranken; immerhin war er eleganter und vornehmer als der gewöhnliche Marescal. Aurelie erwachte, er neigte sich über sie; sie sah ihn an und sagte hart:

»Lassen Sie mich in Ruhe ... Lassen Sie mich in Ruhe ...«

»Aber ich bitte dich, mein armes Kind«, sagte er mit sichtlichem Schmerz ... »Du hast vielleicht recht: zuerst habe ich immer dein Geheimnis wissen wollen, jetzt aber quält mich nur der eine Gedanke, dass du mich nicht liebst und mich niemals lieben wirst.«

Sie wollte nichts mehr hören und wandte sich ab. Er fuhr jedoch fort:

»Während des Fiebers hast du oft von den Mitteilungen gesprochen, die du mir machen wolltest. Bezogen sie sich auf deine unsinnige Flucht mit Guillaume? Wohin hat der Schurke dich entführt? Was war aus euch geworden, bevor du dich in das Kloster zurückzogst?«

Sie antwortete nicht, aus Erschöpfung, vielleicht auch aus Verachtung.

Er schwieg. Nachdem er fortgegangen war, sah Raoul, als auch er sich entfernte, dass sie weinte.

Nach zwei Wochen, in denen Raoul es nicht hatte an Nachforschungen fehlen lassen, hätte jeder andere den Mut verloren. Die großen Probleme blieben, abgesehen von einigen unbedeutenden Einzelheiten, ungelöst.

Trotzdem hatte Raoul nicht die Empfindung, dass er seine Zeit verliere. Abwarten ist oft besser als handeln. Zudem begann er klarer zu sehen. Außerdem hatte er das beruhigende Bewusstsein, sich mitten auf dem Schauplatz zu befinden, auf dem der Kampf zweifellos entbrennen musste. Das gegenseitige Vorbereiten, gleichsam das Schärfen der Waffen, würde eines Tages zum Zusammenstoß führen.

Das erste Wetterleuchten kam eher als Raoul dachte. Es erhellte einen Teil der Dunkelheit, von dem Raoul glaubte, dort könne nichts Wichtiges geschehen.

Eines Morgens sah er von seinem Fenster aus, in seiner Maskierung als Lumpensammler, Jodot.

Jodot trug einen Sack auf der Schulter, in den er seine Beute barg. Er lehnte ihn gegen die Hausmauer, setzte sich auf den Bürgersteig und begann zu essen, indem er im nächsten Müllkasten herumstocherte. Seine Bewegung schien mechanisch, aber schon nach kurzer Zeit hatte Raoul bemerkt, dass er nur die zerknitterten Umschläge und die zerrissenen Briefe herausangelte. Er prüfte sie zerstreuten Blickes, dann suchte er weiter. Zweifellos interessierte ihn Brégeacs Korrespondenz.

Nach einer Viertelstunde warf er den Sack wieder über die Schulter und ging fort. Raoul folgte ihm bis nach Montmartre, wo Jodot einen Lumpenhandel betrieb.

Er kam drei Tage hintereinander wieder und vollführte jedes Mal seine zweideutigen Operationen. Aber am dritten Tage bemerkte Raoul, dass Brégeac am Fenster stand und Jodots Bewegungen beobachtete. Als Jodot sich auf den Weg machte, folgte ihm Brégeac unter Wahrung sorgfältiger Vorsichtsmaßnahmen. Raoul begleitete sie alle beide. Vielleicht käme er jetzt dahinter, wie Jodot und Brégeac zusammenhingen?

Sie erreichten auf einigen Umwegen das äußerste Ende des Boulevard Bineau und schließlich die Ufer der Seine. Einige bescheidene Villen wechselten mit unbebautem Gelände ab. Gegen eine dieser Villen lehnte Jodot seinen Lumpensack, setzte sich und aß.

So verblieb er etwa vier oder fünf Stunden, ständig überwacht von Brégeac, der in einer Entfernung von etwa dreißig Metern im Vorgarten eines kleinen Restaurants saß, und von Raoul, der auf der Uferböschung lag und rauchte.

Als Jodot fortging, ging Brégeac nach einer anderen Richtung, als ob für ihn die Angelegenheit jedes Interesse verloren hätte; Raoul ging ins Restaurant, unterhielt sich mit dem Besitzer und erfuhr, dass die Villa, an der Jodot sich ausgeruht hatte, einige Wochen vorher noch den Gebrüdern Loubeaux gehört hatte, die im D-Zuge nach Marseille ermordet worden waren. Das Gebäude war von Gerichts wegen versiegelt worden und wurde von einem Nachbar bewacht, der jeden Sonntag einen Spaziergang unternahm.

Raoul war zusammengefahren, als er den Namen der Brüder Loubeaux gehört hatte. Jodots Benehmen gewann an Bedeutung.

Raoul fragte eindringlicher und erfuhr, dass die beiden Brüder zur Zeit ihres Todes kaum noch in der Villa gewohnt hatten, die lediglich als Zwischenlager für ihren Weinhandel gedient hatte. Sie hatten sich von ihrem Sozius getrennt und reisten auf eigene Rechnung.

»Von ihrem Sozius?« fragte Raoul.

»Gewiss, sein Name steht noch auf dem Schild neben der Tür: ›Gebrüder Loubeaux & Jodot‹.«

»Jodot?«

»Ganz recht. Ein dicker Mann mit rotem Gesicht, der wie ein Jahrmarktsriese aussah. Seit über einem Jahr hat er sich hier nicht mehr blicken lassen.«

Jodot war also der Teilhaber der beiden Brüder gewesen, die er dann ermordet hatte! Da war es kein Wunder, dass man ihn in Ruhe gelassen hatte, denn man ahnte ja nichts davon, dass er mit den Ermordeten in irgendeiner Verbindung gestanden hatte, zumal Marescal davon überzeugt war, dass er, Raoul, der Dritte im Bunde sei! Warum aber kam Jodot hierher, an den Ort, wo seine Opfer gewohnt hatten? Und warum überwachte Brégeac diese Expedition?

Die Woche verlief ohne Zwischenfälle. Jodot ließ sich vor Brégeacs Haus nicht mehr sehen. Da Raoul überzeugt war, dass er am Sonntagvormittag zu der Villa zurückkehren würde, stieg er am Samstagabend über den Zaun und stieg durch eines der Fenster im ersten Stock in das Haus ein.

In diesem Stockwerk waren noch zwei Zimmer eingerichtet. An gewissen Anzeichen konnte man erkennen, dass sie durchstöbert worden waren. Von wem? Vom Untersuchungsrichter? Von Brégeac? Von Jodot? Und wozu? Raoul rannte sich nicht fest. Hatten andere nichts gefunden, so würde er auch nichts finden. Er richtete sich häuslich in einem Sessel ein, um darin die Nacht zu verbringen. Er stellte seine Taschenlampe auf einen Tisch und griff nach einem auf dem Tische liegenden Buch, über dem er prompt einschlief.

Die Wahrheit enthüllt sich nur denen, die sie erzwingen. Man glaubt, sie sei meilenweit entfernt, und plötzlich kommt ein Zufall und setzt sich an ihre Stelle. Das einzige Verdienst des Suchenden besteht darin, dass er zu ihrem Empfange Vorbereitungen getroffen hat.

Als Raoul erwachte, sah er das Buch wieder vor sich und betrachtete den Einband, der aus einem schwarzen Leinen bestand, wie ihn etwa die Fotografen benutzen, um ihren Apparat zuzudecken.

Er suchte. Im Gerümpel eines mit Stofffetzen und Papieren gefüllten Wandschrankes fand er einen solchen Stoff, aus dem drei tellergroße Stücke herausgeschnitten waren.

»Da haben wir's«, sagte Raoul. »Von hier also stammen die drei Masken der Banditen im Expresszug. Dieser Stoff ist der unwiderlegbare Beweis dafür.«

Jetzt erschien ihm die Wahrheit so natürlich, durch ihre Einfachheit stellenweise sogar so belustigend, dass er in der tiefen Stille des Hauses laut auflachen musste.

Um acht Uhr morgens machte der Verwalter des Hauses im Erdgeschoss seinen Rundgang und verbarrikadierte die Türen. Um neun Uhr ging Raoul in den Speisesaal hinunter, ließ die

Läden geschlossen, öffnete jedoch das Fenster über der Stelle, wo Jodot sich hinzusetzen pflegte.

Jodot war pünktlich. Er kam mit seinem Sack und lehnte ihn an die Mauer. Dann setzte er sich und aß. Und während er aß, sprach er vor sich hin, aber so leise, dass Raoul nichts hören konnte. Zu seiner Mahlzeit, die aus Aufschnitt und Käse bestand, trank er Rotwein; dann rauchte er eine Pfeife, deren Rauch bis zu Raoul emporstieg.

Er rauchte eine zweite und dann eine dritte Pfeife. So vergingen zwei Stunden, ohne dass Raoul den Grund zu diesem langen Aufenthalt erraten konnte. Durch den Spalt der Läden sah man die beiden Beine, die mit Lumpen umwickelt waren, und die ausgetretenen Stiefel. Dahinter sah man den Fluss. Spaziergänger kamen und gingen. Brégeac war vermutlich auf seinem Posten im Vorgarten des Restaurants.

Einige Minuten vor zwölf Uhr sagte Jodot folgende Worte:

»Nun? Nichts Neues? Sie ist ja ziemlich hartnäckig?«

Es war, als ob er nicht mit sich selbst, sondern mit jemanden in seiner Nähe spräche. Aber er war immer noch allein und es war niemand in seiner Nähe.

»Verflucht«, brummte er, »ich sage dir doch, dass sie da ist! Ich habe sie nicht einmal, ich habe sie hundertmal in der Hand gehabt und mit meinen eigenen Augen gesehen. Hast du auch alles gemacht, was ich dir gesagt habe? Die ganze rechte Seite des Kellers – wie neulich die ganze linke? Na ... du musst doch gefunden haben ...«

Er schwieg ziemlich lange, dann fuhr er fort:

»Man könnte es vielleicht anderswo versuchen und bis zu dem leeren Gelände hinter dem Hause vorstoßen, falls er die Flasche vor der Geschichte im Expresszug dorthin geworfen haben sollte. Das wäre auch ein gutes Versteck. Wenn Brégeac den Keller durchsucht hat, an draußen hat er vielleicht nicht gedacht. Geh und such. Ich warte.«

Raoul lauschte nicht weiter. Er hatte nachgedacht und zu verstehen begonnen, als Jodot vom Keller sprach. Dieser Keller musste sich von einem Ende des Hauses bis zum anderen erstrecken, mit einem Luftloch nach der Straße und einem zweiten nach der Rückseite des Hauses. Die Verbindung auf diesem Wege war nicht schwierig.

Raoul eilte in den ersten Stock; aus einem der Zimmer konnte man das freie Gelände übersehen, und es war ihm möglich, ohne weiteres die Richtigkeit seiner Vermutungen bestätigt zu finden. Mitten auf unbebautem Boden – wo eine Tafel mit der Aufschrift »Zu verkaufen« stand – suchte in einem Haufen alten Eisengerümpels, inmitten zerbrochener Flaschen und zerschlagener Fässer, ein kleiner, kümmerlicher sieben- bis achtjähriger Junge mit der Gewandtheit eines Eichhörnchens. Das Gebiet seiner Nachforschungen, die ausschließlich einer Flasche zu gelten schienen, war ziemlich begrenzt. Falls Jodot sich nicht irrte, musste die Operation bald vorüber sein. So war es auch. Nach zehn Minuten richtete das Kind sich wieder auf und rannte, ohne Zeit zu verlieren, mit einer staubbedeckten Flasche auf die Villa zu.

Raoul turnte ins Erdgeschoss, um den Keller zu erreichen und dem Kinde seinen Raub abzunehmen. Aber die Kellertür, die er im Vorzimmer gesehen hatte, ließ sich nicht öffnen, und er musste seinen Posten am Fenster wieder beziehen.

Jodot murmelte:

»Hast du's? Ah! Famos! Jetzt bin ich ›gewappnet‹, Brégeac kann mir den Buckel herunterrutschen. Schnell, verkrümle dich!«

Der Kleine musste sich »verkrümeln«, das heißt, er musste aus dem schmalen Luftloch wie ein Frettchen in den Sack kriechen, ohne dass eine verdächtige Bewegung sein Vorhaben verraten hätte.

Jodot erhob sich, nahm seine Last auf die Schulter und ging fort.

Und ohne zu zögern, verletzte Raoul die Siegel, öffnete gewaltsam die Türen und verließ die Villa.

Dreihundert Meter vor ihm ging Jodot und trug den Helfer, der für ihn das Souterrain von Brégeacs Haus und den Keller der Villa der Brüder Loubeaux durchsucht hatte.

Hundert Meter hinter ihm schlängelte sich Brégeac unter den Bäumen entlang.

Und Raoul bemerkte, dass auf der Seine ein Angler in der gleichen Richtung ruderte: Marescal.

So wurde Jodot von Brégeac, Brégeac und Jodot von Marescal, und alle drei wurden von Raoul verfolgt.

Einsatz dieses vergnüglichen Spiels war eine Flasche.

Eigentlich erschütternd, dachte Raoul. Jodot hat die Flasche, aber er weiß nicht, dass ihm drei andere bereits auf den Fersen sind, um ihm die Flasche wieder zu entreißen!

Jodot blieb stehen. Brégeac auch. Marescal ruderte nicht weiter, und Raoul bremste.

Jodot hatte den Sack heruntergleiten lassen, sodass das Kind sich ausruhen konnte. Er setzte sich auf eine Bank und betrachtete die Flasche; er bewegte sie und ließ sie in der Sonne blitzen.

Brégeac trat auf. Er hielt seinen Augenblick für gekommen und näherte sich behutsam.

Er hatte einen Sonnenschirm geöffnet und hielt ihn sich wie einen Schild vors Gesicht. Marescal in seinem Kahn verschwand unter einem weiten Strohhut.

Als Brégeac nur noch drei Schritt von der Bank entfernt war, machte er den Schirm zu und sprang, ohne sich um die Spaziergänger zu kümmern, auf Jodot zu, entriss ihm die Flasche und floh eine Straße entlang, die nach den Festungswällen führte.

Dieses Manöver wurde geschickt und schnell ausgeführt. Jodot war zuerst verblüfft, zögerte, schrie, nahm seinen Sack, setzte ihn wieder ab, als ob er fürchtete, mit dieser Last nicht schnell genug laufen zu können, und wurde somit außer Gefecht gesetzt.

Marescal, der den Überfall vorhergesehen hatte, war gelandet und hatte die Verfolgung aufgenommen. Raoul schloss sich an. Die Flasche hatte nur noch drei Bewerber.

Wie ein guter Champion kümmerte sich Brégeac nur um das Rennen und sah sich nicht um. Marescal wiederum dachte nur an Brégeac und drehte sich auch nicht um. So gab es auch für Raoul keine Hemmungen. Wozu auch?

In zehn Minuten erreichte man die Porte des Ternes. Brégeac war so warm, dass er seinen Überzieher auszog. An ihrer Endstation stand eine Elektrische, und zahlreiche Fahrgäste warteten an der Haltestelle, um aufzusteigen und nach Paris zu fahren.

Brégeac tauchte in dieser Menge unter.

Marescal auch.

Der Andrang war so groß, dass es Marescal mühelos gelang, Brégeac die Flasche aus der Tasche zu ziehen, ohne dass dieser es merkte. Marescal kehrte um und nahm die Beine in die Hand.

In Wirklichkeit, lachte Raoul in sich hinein, arbeiten alle beide für mich!

Als Raoul an die Haltestelle kam, sah er, wie Brégeac wieder aus der Elektrischen aussteigen wollte und sich nur mit Mühe durch die Menge winden konnte, um dem Dieb nachzurennen.

Marescal wählte Parallelstraßen, die wesentlich enger und gewundener sind. Er rannte wie ein Besessener. Als er an der Rue de Wagram stehenblieb, war er außer Atem. Das Gesicht war schweißbedeckt, die Augen waren blutunterlaufen und die Adern geschwollen. Er wischte sich den Schweiß von der Stirn. Er konnte nicht mehr.

Er kaufte eine Zeitung und wickelte die Flasche ein, nachdem er sie einen Augenblick angesehen hatte.

Dann nahm er sie unter seinen Arm und machte sich wankenden Schrittes wieder auf den Weg, wie einer, der sich nur noch durch ein Wunder aufrechterhalten kann. Der »schöne« Marescal war nicht wiederzuerkennen. Sein Kragen war zerknittert, aus seinen Schnurrbartenden tropfte es.

Kurz vor der Etoile kam ihm ein Herr mit einer großen schwarzen Brille entgegen, der eine Zigarette rauchte. Der Herr vertrat ihm den Weg – er bat ihn nicht um Feuer – er blies ihm einfach den Rauch ins Gesicht und lächelte dazu in liebenswürdigster Weise.

Der Kommissar riss die Augen auf. Er stammelte:

»Wer sind Sie? Was wollen Sie von mir?«

Wozu fragte er eigentlich noch? Er wusste sehr genau, dass es sein ewiger Gegner war.

Und dieser Mann tippte mit einem Finger auf die Flasche und sagte in geradezu herzlichem Tone:

»Komm, ablegen! ... Sei brav zu Herrchen ... Ablegen! Pfui, darf denn ein Herr wie du mit einer solchen Flasche unter dem Arm spazierengehen? Komm, Rodolphe, sei lieb und nett zu mir ...«

Marescal rührte sich nicht. Es war, als sei er gelähmt, und er ließ sich widerstandslos die Flasche fortnehmen.

In diesem Augenblick kam Brégeac. Er war auch vollkommen außer Atem. Er hatte weder die Kraft, sich auf den dritten zu stürzen oder Marescal um Auskunft zu bitten. Beide glotzten dem Herrn mit der dunklen Brille nach, der ein Taxi angehalten hatte und ihnen im Davonfahren einen liebenswürdigen Gruß zuwinkte.

Als Raoul zu Hause war, wickelte er die Flasche aus. Es war eine Literflasche, wie man sie für Mineralwasser verwendet, eine alte Flasche ohne Korken aus dunklem, undurchsichtigem Glas. Auf dem schmutzigen, vollkommen verstaubten Etikett, das trotzdem irgendwie geschützt gewesen sein musste, konnte man, in großen Druckbuchstaben, bequem lesen:

Verjüngungswasser

Darunter standen einige schwer lesbare Zeilen, offenbar das Rezept dieses Wundermittels:

Doppelkohlensaures Natron: 1349 gr

Doppelkohlensaures Kali: 0435 gr

Doppelkohlensaures Kalk: 1000 gr

etc. etc.

Aber die Flasche war nicht leer. Im Innern bewegte sich etwas: es klang nach Papier. Er drehte die Flasche um, schüttelte sie, aber es kam nichts heraus. Da nahm er einen Faden, den er am Ende verknotete, und auf diese Weise gelang es ihm, mit großer Geduld ein schmales, zusammengewickeltes Stück Papier herauszuangeln, das mit einem roten Bändchen umwickelt war. Als er es auseinandergefaltet hatte, sah er, dass es nur die Hälfte eines gewöhnlichen Blattes war, dass der untere Teil abgeschnitten oder vielmehr ungleich abgerissen worden war. Man sah mit Tinte geschriebene Buchstaben, aber viele fehlten; er konnte ungefähr folgendes entziffern:

»Die Beschuldigung ist wahr. Ich bin allein verantwortlich für das begangene Verbrechen. Weder Jodot noch Loubeaux haben etwas damit zu tun. Brégeac.«

Raoul hatte auf den ersten Blick Brégeacs Handschrift wiedererkannt, aber die Tinte war mit der Zeit verblasst. Das Papier mochte gut fünfzehn oder zwanzig Jahre alt sein. Was war das aber für ein Verbrechen? Und gegen wen war es begangen worden?

Er dachte lange nach. Dann schloss er folgendes:

Die Geschichte ist so dunkel, weil zwei Fäden ineinanderlaufen. Zwei Abenteuer kreuzen sich; das erste Drama hat das zweite hervorgerufen, nämlich den Überfall im Expresszug, an dem die beiden Loubeaux, Guillaume, Jodot und Aurelie beteiligt sind. Das erste liegt schon lange Zeit zurück, und heute liegen sich die beiden Hauptbeteiligten, nämlich Brégeac und Jodot, in den Haaren.

Die Situation, die dem Nichteingeweihten verwirrter denn je erscheinen muss, wird mir nun immer klarer. Die Stunde des offenen Kampfes naht: es geht um Aurelie. Oder vielmehr um das Geheimnis, das auf dem Grunde ihrer schönen grünen Augen liegt. Wer Herr ihres Blickes oder ihrer Gedanken sein kann, wird auch hinter das Geheimnis kommen, das schon so viele Opfer gefordert hat.

Und in diesem Wirbel aus Hass und Rache vertritt Marescal mit seinem Ehrgeiz und seinem nachtragenden Eifer die irdische Gerechtigkeit. Auf der anderen Seite stehe ich ...

Er bereitete sich auf das sorgfältigste vor; er war doppelt energisch, zumal jeder der Gegner mit äußerster Vorsicht zu Werke ging. Brégeac hatte zwar keine direkten Beweise gegen die Pflegerin, die in Marescals Diensten stand, und gegen das Mädchen, dem Raoul seine Nachrichten verdankte, entließ sie jedoch alle beide. Die auf die Straße gehenden Fenster wurden verhängt. Andererseits wurden Marescals Agenten in der Straße bemerkbar. Nur Jodot tauchte nicht wieder auf. Zweifellos war er durch den Raub von Brégeacs Geständnis einer wertvollen Waffe beraubt und hatte sich in Sicherheit gebracht.

Diese Periode dauerte etwa vierzehn Tage. Raoul hatte sich der Frau des Ministers vorstellen lassen, der Marescal protegierte; es war ihm gelungen, das Vertrauen dieser nicht mehr ganz jungen Dame zu gewinnen, die außerordentlich eifersüchtig war und vor der ihr Mann kein Geheimnis hatte. Raouls Aufmerksamkeiten machten ihr große Freude. Ohne sich ihrer Rolle bewusst zu werden – sie wusste auch nicht, dass Marescal Aurelie liebte – hielt sie Raoul Schritt für Schritt über die Absichten des Kommissars auf dem laufenden: vor allem über die Art, wie er mit des Ministers Hilfe Brégeac und seine Hinterleute zu stürzen hoffte.

Raoul hatte Angst. Der Angriff war so gut organisiert, dass er sich fragte, ob er ihm nicht zuvorkommen sollte, indem er Aurelie entführte und so den Plan seiner Gegner zunichte machte.

Das Problem wäre dadurch nicht gelöst worden. Er hätte auch dann noch einmal von vorn beginnen müssen.

So widerstand er der Versuchung.

Als er eines Nachmittags nach Hause kam, fand er einen Rohrpostbrief vor. Die Gattin des Ministers teilte ihm die letzten Entscheidungen mit, vor allem Aurelies Festnahme, die am nächsten Tage, am zwölften Juli, nachmittags drei Uhr, stattfinden sollte.

Er schlief ruhig wie ein Heerführer am Vorabend einer Entscheidungsschlacht. Um acht Uhr stand er auf. Der entscheidende Tag begann.

Als gegen Mittag seine Aufwartung, seine alte Amme Victoire, durch den Hintereingang mit der Markttasche heimkam, drangen sechs Mann, die auf der Treppe gestanden hatten, gewaltsam in die Küche ein.

»Ist Ihr Herr da?« fragte der eine. »Los, lügen nützt nichts! Ich bin der Kommissar Marescal und habe einen Haftbefehl gegen ihn.«

Zitternd und totenbleich antwortete Victoire:

»In seinem Arbeitszimmer.«

»Führen Sie uns.«

Er legte Victoire eine Hand auf den Mund, damit sie ihren Herrn nicht warnen könne; dann gingen sie einen langen Korridor entlang, an dessen Ende Victoire auf ein Zimmer deutete.

Raoul konnte sich nicht zur Wehr setzen. Er wurde gepackt und umschnürt, wie ein Paket. Marescal sagte nur wenige Worte:

»Sie sind der Führer der Banditen aus dem Express. Sie heißen Raoul de Limézy.«

Dann wandte er sich an seine Leute:

»Ins Polizeigefängnis! Hier ist der Haftbefehl. Und Vorsicht! Kein Wort über die Person unseres lieben ›Kunden‹! Tony, Sie sind mir für ihn verantwortlich. Auch Sie, Labonce! Fort! Um drei Uhr vor Brégeacs Haus. Dann werden wir uns das Fräulein und den Stiefvater vornehmen.«

Vier Mann schleppten den Verhafteten fort. Marescal hielt den fünften zurück; er hieß Sauvineux.

Marescal durchsuchte das Arbeitszimmer. Er beschlagnahmte einige nichtssagende Papiere und Gegenstände. Aber beide fanden sie die Flasche nicht, auf der Marescal vor vierzehn Tagen flüchtig die Worte »Verjüngungswasser« hatte lesen können.

Sie gingen in ein benachbartes Restaurant essen. Dann kamen sie zurück. Marescal ließ nicht locker.

Um ein Viertel nach zwei Uhr entdeckte Sauvineux endlich unter der Marmorverkleidung des Kamins die gesuchte Flasche. Sie war mit einem Korken versehen und sorgfältig versiegelt.

Er schüttelte sie und stellte sie dann vor eine elektrische Lampe: sie enthielt ein winziges Papierröllchen.

Er zögerte. Sollte er das Papier lesen?

»Nein ... nein ... Vor Brégeac! ... Bravo, Sauvineux, Sie sind ein tüchtiger Kerl! Jetzt sind wir dicht am Ziel: ich habe Brégeac in der Hand, und die Kleine hat keinen Beschützer mehr! Jetzt haben wir beide noch ein Wörtchen miteinander zu reden!«

U m zwei Uhr desselben Tages zog sich die »Kleine« an,
wie Marescal sie nannte. Ein alter Diener namens Valentin, der jetzt allein im Haushalt den Dienst versah,
hatte ihr im Zimmer zu essen serviert und ihr mitgeteilt, dass
Brégeac sie zu sprechen wünsche.

Man konnte ihr die Krankheit noch deutlich ansehen.
Bleich und sehr schwach nahm sie sich zusammen, um aufrecht und erhobenen Hauptes vor dem Manne zu erscheinen,
den sie verabscheute. Sie fuhr sich mit dem Stift über die Lippen, legte etwas Rot auf und ging hinunter.

Brégeac erwartete sie im ersten Stock in seinem Arbeitszimmer, einem großen Raum, dessen Fensterläden geschlossen waren.

»Setz' dich«, sagte er.

»Nein.«

»Setz' dich. Du bist müde.«

»Sagen Sie mir lieber schnell, was Sie mir mitzuteilen haben, damit ich wieder auf mein Zimmer gehen kann.«

Brégeac ging einige Augenblicke im Zimmer auf und ab. Er
sah erregt und sorgenvoll aus. Heimlich sah er Aurelie an, sein
Blick war feindselig und leidenschaftlich zugleich. Er hatte
auch etwas Mitleid mit ihr.

Er näherte sich ihr, legte ihr eine Hand auf die Schulter,
zwang sie mit sanfter Gewalt in einen Stuhl und setzte sich
selbst.

»Du hast recht: es soll nicht lange dauern. Was ich dir mitzuteilen habe, lässt sich in wenigen Worten sagen. Dann
kannst du dich entscheiden.«

Sie saßen dicht beieinander und waren doch weiter voneinander entfernt als zwei Gegner. Brégeac fühlte das. Alle seine

Worte würden den Abgrund zwischen ihnen nur noch breiter machen. Er ballte die Fäuste und sagte:

»Hast du denn immer noch nicht begriffen, dass wir von Feinden umgeben sind und dass es so nicht weitergehen kann?«

Sie stieß zwischen den Zähnen hervor:

»Von welchen Feinden?«

»Aber das weißt du doch! Marescal hasst dich, und er will sich rächen ...«

Ganz leise fügte er ernst hinzu:

»Wir werden seit geraumer Zeit überwacht. Im Ministerium durchsucht man meine Schubladen. Vorgesetzte und Untergebene, alle haben sich gegen mich verschworen. Warum? Weil sie alle mehr oder weniger in Marescals Diensten stehen. Weil sie wissen, dass er beim Minister größeren Einfluss hat als ich. Wir beide aber, du und ich, wir sind aneinandergeschmiedet, und wäre es nur aus Hass. Vor allem aber durch unsere Vergangenheit, die gleich ist, ob du es willst oder nicht! Ich habe dich erzogen; ich bin dein Vormund. Und mein Untergang ist dein Untergang. Ich frage mich sogar häufig, ob man es nicht eigentlich auf dich abgesehen hat, aus Gründen, die ich nicht kenne ... Ja, manchmal habe ich wirklich den Eindruck, dass man mich in Ruhe lassen würde, dass dein Leben jedoch ständig bedroht ist.«

Sie war einer Ohnmacht nahe.

»Wieso?«

Er antwortete:

»Ich habe sogar einen anonymen Brief bekommen, der auf Ministerialpapier geschrieben ist, ein lächerlicher und unzusammenhängender Brief, in dem man mich darauf aufmerksam macht, dass man dich verfolgen wird.«

Sie hatte noch die Kraft, zu sagen:

»Verfolgen? Sie sind ja wahnsinnig! Und nur weil ein anonymer Brief ...«

»Ja, ich weiß«, sagte er. »Irgendein Untergebener kann sich ein Gerücht zunutze gemacht haben ... Immerhin, Marescal ist alles zuzutrauen.«

»Wenn Sie Angst haben, so fliehen Sie!«

»Für dich habe ich Angst, Aurelie.«

»Ich habe nichts zu befürchten.«

»Doch! Dieser Mann hat geschworen, sich an dir zu rächen.«

»Dann will ich abreisen.«

»Hast du denn Kraft genug dazu?«

»Ich habe alle Kraft, um dieses Gefängnis hier zu verlassen und Sie nicht mehr wiederzusehen.«

Er machte eine müde, mutlose Handbewegung:

»Schweig ... Ich könnte nicht weiterleben ... Ich habe während deiner Abwesenheit zu sehr gelitten. Mir ist alles gleich, nur keine Trennung von dir! Mein ganzes Leben hängt von deinem Leben, deinem Blick ab ...«

Sie stand auf und sagte, bebend vor Entrüstung:

»Ich verbiete Ihnen, so mit mir zu sprechen! Sie haben mir geschworen, dass ich nie wieder solche Worte von Ihnen hören werde.«

Sie fiel vor Schwäche in ihren Sessel zurück; er entfernte sich von ihr, warf sich in einen Sessel, legte den Kopf in beide Hände, und man sah, wie seine Schultern von heftigem Schluchzen geschüttelt wurden: ein besiegter Mann, für den das Dasein eine unerträgliche Last bedeutete.

Nach einem langen Schweigen begann er wieder:

»Nach deiner Reise stehen wir uns noch feindseliger gegenüber als vorher. Du bist vollkommen verwandelt zurückgekehrt. Was ist denn mit dir geschehen, Aurelie? ... Nicht in Sainte-Marie, sondern während der drei Wochen, in denen ich dich wie ein Wahnsinniger gesucht habe. Dieser Schuft von Guillaume – ich weiß, du liebst ihn nicht ... Und trotzdem bist du mit ihm gegangen. Warum? Und was ist aus euch beiden geworden? Was ist vor allem aus ihm geworden? Ich ahne, dass sich sehr ernste Dinge abgespielt haben ... Man spürt, wie unruhig du bist, und während des Fiebers sprachst du wie ein Mensch, der beständig auf der Flucht ist, du sähest dauernd Blut und Tote ...«

Sie erbebte.

»Ich habe mich nicht verhört«, sagte er; »sogar jetzt spiegeln deine Augen das ganze Entsetzen wider ... man könnte glauben, deine Träume gingen weiter ...«

Er näherte sich ihr und fuhr langsam fort:

»Du brauchst Ruhe, mein armes Kleines. Und ich möchte dir einen Vorschlag machen. Ich habe heute Morgen um Urlaub gebeten, und wir werden verreisen. Ich schwöre dir, dass nicht ein Wort über meine Lippen kommen wird, das dich verletzen könnte. Ich werde nicht von dem Geheimnis sprechen, das du mir hättest anvertrauen müssen, denn es gehört mir ebenso wie dir. Ich werde auch nicht in deinen Augen zu lesen versuchen, die dieses Geheimnis bergen, ich werde deine Augen in Frieden lassen ... Ich werde dich nicht ansehen. Ich verspreche dir das aufs feierlichste. So komm, du Arme. Du tust mir wirklich leid. Du leidest. Du scheinst auf irgend etwas zu warten, aber es kann doch nur irgendein neues Unglück sein! Komm ...«

Sie schwieg hartnäckig. Sie konnten sich nicht vertragen, es war unmöglich, ein Wort auszusprechen, das nicht wehtat oder beleidigte. Brégeacs verwerfliche Leidenschaft trennte sie stärker als die Vergangenheit und tausend andere Dinge.

»So antworte doch«, bat er.

Sie sagte kalt:

»Ich will nicht. Ich kann Ihre Gegenwart nicht mehr ertragen. Ich kann nicht mehr in demselben Hause wohnen wie Sie. Bei der ersten Gelegenheit werde ich abreisen.«

»Und zweifellos nicht allein«, spottete er, »genau wie das erstemal ... Guillaume, nicht wahr?«

»Ich habe Guillaume zum Teufel gejagt!«

»Ein anderer also. Ein anderer, auf den du wartest, davon bin ich fest überzeugt. Deine Augen suchen unaufhörlich ... deine Ohren lauschen ... auch jetzt ...«

Die Tür zum Vorzimmer war geöffnet und wieder geschlossen worden.

»Sagte ich es nicht?« sagte Brégeac mit einem hässlichen Lachen. »Man sollte wirklich meinen, du hofftest ... dass irgendjemand hierherkomme! Aurelie: niemand wird kommen, weder Guillaume noch ein anderer. Es ist Valentin, den ich ins Ministerium geschickt habe, um meine Post zu holen. Denn ich gehe nicht mehr ins Amt.«

Die Schritte des Dieners kamen die Stufen zum ersten Stock hinauf und durch das Vorzimmer. Er trat ein.

»Hast du die Besorgung gemacht?«

»Jawohl, Herr Brégeac.«

»Waren Briefe da oder Unterschriften zu leisten?«

»Nein, Herr Brégeac.«

»Seltsam. Und die Post?«

»Die Post war gerade Herrn Marescal ausgehändigt worden.«

»Mit welchem Rechte konnte Marescal? ... War er denn da?«

»Nein, Herr Brégeac, er war schon dagewesen und sofort wieder gegangen.«

»Wieder gegangen? ... Um halb zwei? ... In einer dienstlichen Angelegenheit vermutlich?«

»Jawohl, Herr Brégeac.«

»Hast du versucht, etwas Näheres zu erfahren? ...«

»Jawohl, aber man wusste nichts.«

»War er allein?«

»Nein, er war mit Labonce, Tony und Sauvineux zusammen.«

»Mit Tony und Labonce!« rief Brégeac. »Dann handelt es sich um eine Verhaftung! Warum hat man mich nicht davon in Kenntnis gesetzt? Was geht denn vor?«

Valentin zog sich zurück. Brégeac ging wieder auf und ab und wiederholte nachdenklich:

»Tony, Marescals Spießgeselle durch dick und dünn ... Labonce, einer seiner Günstlinge ... und alles ohne mich ...«

Fünf Minuten vergingen. Aurelie sah ihn angstvoll an. Plötzlich ging er an eines der Fenster und öffnete den Laden. Ein Schrei entfuhr ihm, und er sagte:

»Sie stehen ... am ... Ende der Straße ... und lauern ...«

»Wer?«

»Marescals Gehilfen: Tony und Labonce.«

»Und?« murmelte sie.

»Die beiden verwendet er nur in ganz schweren Fällen. Heute Morgen hat er noch mit beiden hier im Viertel gearbeitet ...«

»Sind sie da?« fragte Aurelie.

»Ja, gewiss, ich habe sie ja gesehen.«

»Und Marescal kommt auch?«

»Bestimmt. Du hast ja gehört, was Valentin gesagt hat.«

»Er kommt ...«, stammelte sie, »er kommt ...«

»Was hast du denn?« fragte Brégeac, der sich über ihre Fassungslosigkeit wunderte.

»Nichts«, sagte sie und nahm sich zusammen. »Man erschrickt manchmal wider Willen, ohne einen Grund dazu zu haben.«

Brégeac überlegte. Auch er versuchte sich zu beherrschen und wiederholte:

»Keinerlei Grund, allerdings ... Man ereifert sich meistens aus ganz kindischen Gründen ... Ich werde sie fragen, und alles wird sich aufklären. Bestimmt. Die Ereignisse lassen darauf schließen, dass weniger wir als das Haus gegenüber überwacht wird.«

Aurelie hob den Kopf.

»Welches Haus?«

»Die Sache, von der ich dir sprach ... der Mann, der heute Mittag verhaftet worden ist. Du hättest nur sehen sollen, wie Marescal um elf Uhr das Büro verließ! Ich traf ihn. Er sah zufrieden und hasserfüllt aus ... Dieser Ausdruck hat mich etwas verwirrt. Einen solchen Hass hat man im Leben nur gegen einen Menschen. Und mich hasst er oder vielmehr uns beide! Und deswegen dachte ich, wir seien bedroht.«

Aurelie hatte sich aufgerichtet und war noch bleicher geworden.

»Was sagen Sie da? Eine Verhaftung im Hause gegenüber?«

»Ja, es handelt sich um einen gewissen Limézy, der sich als Forscher ausgibt. Ein Baron de Limézy. Um ein Uhr teilte man mir im Ministerium mit, dass er ins Polizeigefängnis eingeliefert worden sei.«

Sie kannte Raouls Namen nicht, aber sie zweifelte nicht daran, dass es sich um ihn handle, und sie fragte mit zitternder Stimme:

»Was hat er denn getan? Was ist er denn, dieser Limézy?«

»Marescal meint, er sei der Mörder aus dem Expresszug, der dritte Bandit, den man sucht.«

Sie wäre beinahe umgefallen. Sie taumelte und sah aus wie eine Wahnsinnige; sie tastete ins Leere, um eine Stütze zu finden.

»Was ist denn los, Aurelie? Was hat denn das mit uns zu tun?«

»Wir sind verloren«, stöhnte sie.

»Was willst du damit sagen?«

»Das können Sie nicht verstehen.«

»Erkläre dich. Erkläre dich. Kennst du diesen Menschen?«

»Ja ... Ja ... er hat mich gerettet, er hat mich vor Marescal gerettet und vor Guillaume und vor Jodot ... auch heute hätte er uns gerettet.«

Er sah sie starr vor Staunen an:

»Auf ihn hast du also gewartet?«

»Jawohl«, sagte sie, »er hatte mir versprochen, da zu sein ...
Ich war ruhig ... Ich habe ja miterlebt, wie er mit Marescal fertig geworden ist ...«

Sie hatte etwas Zerstreutes und Abwesendes in ihrer Art zu
sprechen; sie fuhr fort:

»Dann ist es vielleicht doch besser, dass wir uns in
Sicherheit bringen ... Sie und auch ich ... Es liegen da Geschichten vor, die man gegen Sie auslegen könnte ... Geschichten von
früher ...«

»Du bist wahnsinnig«, sagte Brégeac, »nicht das geringste
liegt gegen mich vor ... Ich habe für mich nichts zu befürchten!«

Trotz ihres Sträubens führte er sie dann aus dem Zimmer
und ging auf die Treppe zu. Im letzten Augenblick leistete sie
energischen Widerstand.

»Wozu? Wir werden gerettet werden ... Er wird kommen ...
Er wird fliehen ... Warum wollen wir nicht auf ihn warten?«

»Aus dem Polizeigefängnis kann man nicht fliehen!«

»Wirklich? O mein Gott, wie entsetzlich ist das alles!«

Sie wusste nicht, wozu sie sich entschließen sollte, aber ihres Stiefvaters Zögern trieb sie zur Tat. Sie eilte in ihr Zimmer
und kehrte mit einer Reisetasche in der Hand zurück. Auch
Brégeac hatte sich vorbereitet. Sie sahen aus wie zwei Verbrecher, die nicht rasch genug das Weite suchen können. Sie eilten die Treppe hinunter und durchschritten die Diele.

In diesem Augenblick läutete es.

»Zu spät!« hauchte Brégeac.

»Aber nein«, sagte sie, »vielleicht kommt jemand ...«

Sie dachte an ihren Freund von der Terrasse im Kloster. Er
hatte geschworen, sie nicht im Stich zu lassen. Vielleicht gab
es Hindernisse auch für ihn.

Es läutete abermals.

»Mach' auf«, sagte Brégeac leise.

Man hörte hinter der Tür Schritte und Geflüster. Es klopfte.

»So öffne doch«, wiederholte Brégeac.

Der Diener gehorchte.

Draußen stand Marescal mit seinen drei Helfern. Aurelie lehnte sich gegen das Treppengeländer und flüsterte so leise, dass nur Brégeac sie verstehen konnte:

»Mein Gott, er ist es nicht.«

Vor seinem Untergebenen fand Brégeac seine Haltung wieder.

»Was wollen Sie? Ich hatte Ihnen doch verboten, sich hier blicken zu lassen.«

Marescal antwortete lächelnd:

»Ein dienstlicher Auftrag und Befehl des Ministers.«

»Ein Befehl, der mich betrifft?«

»Sie und das gnädige Fräulein.«

»Ein Befehl, zu dessen Ausführung Sie sich von drei Mann begleiten lassen?«

Marescal begann zu lachen:

»O nein ... Ein reiner Zufall ... Sie gingen hier spazieren ... Ich bedaure, dass dieser Umstand Ihnen auffällt ...«

Er trat ein und sah die beiden Handtaschen.

»Ei, ei, eine kleine Reise! ... Eine Minute später ... und mein Auftrag wäre missglückt.«

»Herr Marescal«, sagte Brégeac sehr ruhig, »wenn Sie einen Auftrag auszurichten haben, dann tun Sie es bitte sofort.«

Der Kommissar beugte sich vor und sagte hart:

»Keinen Skandal, Brégeac, keine Dummheiten, kein Mensch weiß etwas, nicht einmal meine Leute. Vielleicht sprechen wir uns in Ihrem Arbeitszimmer aus.«

»Kein Mensch weiß etwas? ... Wovon?«

»Von dem was vorgeht, und was nicht ganz ohne Bedeutung ist. Wenn Ihnen Ihre Stieftochter nichts davon gesagt hat, so wird sie wenigstens zugeben, dass eine Unterredung unter vier Augen vorzuziehen ist, nicht wahr, gnädiges Fräulein?«

Bleich wie der Tod schien Aurelie, die immer noch an der Treppe stand, einer Ohnmacht nahe.

Brégeac stützte sie und sagte:

»Gehen wir hinauf.«

Sie ließ sich führen. Marescal ließ seine Leute eintreten.

»Nicht aus der Diele gehen, und keiner darf herein oder heraus. Der Diener hat sich in die Küche einzuschließen. Sollte es oben einen Zwischenfall geben, so pfeife ich, und Sauvineux kommt mir zu Hilfe, verstanden?«

»Verstanden«, antwortete Labonce.

»Kein Irrtum möglich?«

»Nein, Herr Marescal.«

»Ach ja, gib mir die Flasche, Tony!«

Er nahm die Flasche, oder vielmehr den Karton, in dem sie eingepackt war, stieg schnell die Treppe hinauf und überschritt als Sieger die Schwelle des Arbeitszimmers, des gleichen Arbeitszimmers, aus dem er vor einem halben Jahr von Brégeac hinausgejagt worden war.

Brégeac versuchte zu protestieren. Marescal wies ihn sofort zurück.

»Bemühen Sie sich nicht, Brégeac. Ihre Schwäche besteht darin, dass Sie nicht wissen, welche Waffen ich gegen das gnädige Fräulein und folglich auch gegen Sie habe. Wären sie Ihnen bekannt, so würden Sie selbst begreifen, dass es Ihre Pflicht ist, nachzugeben.«

Die beiden Feinde standen einander gegenüber und maßen sich mit den Blicken. Ihr Hass war gleich groß. Geboren aus Ehrgeiz und hauptsächlich aus einer Rivalität, die von den Ereignissen auf einen Höhepunkt getrieben wurde. Zwischen beiden saß Aurelie starr aufgerichtet auf einem Stuhl.

Marescal war überrascht, denn sie schien sich wieder gefasst zu haben. Sie sah zwar noch sehr müde aus, aber sie war nicht, wie zu Beginn des Überfalls, gehetzt und außer Fassung.

Marescal schlug mit der Faust auf den Tisch. Er trat ganz dicht an Brégeac heran und sagte:

»Fassen wir uns kurz. Es gibt lediglich Tatsachen, die ich noch einmal kurz zusammenfassen werde. Also, am sechsundzwanzigsten April ...«

Brégeac erbebte.

»Am sechsundzwanzigsten April fand unser Zusammenstoß auf dem Boulevard Haussmann statt.«

»Ganz recht. Es war der Tag, an dem Ihre Stieftochter Ihr Haus verlassen hatte. Es ist der gleiche Tag, an dem im Expresszug nach Marseille drei Personen ermordet worden sind.«

»Was für ein Zusammenhang besteht zwischen diesen beiden Ereignissen?« fragte Brégeac verblüfft.

Der Kommissar beruhigte ihn mit einer Handbewegung. Er fuhr fort:

»Am sechsundzwanzigsten April war der Wagen Nummer fünf dieses Zuges nur von vier Personen besetzt. Im letzten Abteil befanden sich eine Engländerin, Miss Bakefield, eine Diebin, und der Baron de Limézy, vorgeblich Asienforscher. Im Spitzenabteil saßen zwei Männer, die Brüder Loubeaux aus Neuilly-sur-Seine.

Im nächsten Wagen, dem vierten, befanden sich außer mehreren Personen, die in keinerlei Zusammenhang mit den Ereignissen stehen, ein Kommissar der internationalen Fahndungspolizei und außerdem ein junger Mann und ein junges Mädchen, die in einem Abteil mit verhängtem Licht saßen und so taten, als ob sie schliefen, die aber niemand bemerken konnte, nicht einmal der Kommissar. Der Kommissar war ich; ich war hinter Miss Bakefield her. Der junge Mann war Guillaume Ancivel, Börsenspekulant und Einbrecher, eifriger Besucher dieses Hauses, der sich mit einer Begleiterin auf der Flucht befand.«

»Sie lügen! Sie lügen!« rief Brégeac empört. »Aurelie ist über jeden Zweifel erhaben.«

»Ich habe ja gar nicht gesagt, dass diese Begleiterin das gnädige Fräulein gewesen sei«, entgegnete Marescal.

Und er fuhr kaltblütig fort:

»Bis nach La Roche geschah nichts. Eine weitere halbe Stunde … immer noch nichts. Dann ereignet sich das Drama rasch wie eine Explosion. Der junge Mann und das junge Mädchen tauchen aus dem Schatten auf und eilen aus dem Wagen vier in den Wagen fünf. Sie haben sich verkleidet. Sie tragen lange, graue Blusen, Mützen und Masken. Am Ende des Wagens Nummer fünf erwartet sie der Baron de Limézy. Die drei ermorden und berauben Miss Bakefield. Dann lässt sich der Baron von seinen Komplizen fesseln, während diese selbst weiterlaufen und die beiden Brüder ermorden und berauben. Auf dem Rückwege Zusammenprall mit dem Schaffner. Kampf. Sie fliehen, während der Schaffner den Baron de Limézy wie ein Opfer gefesselt und angeblich beraubt vorfindet. Das ist der erste Akt. Der zweite besteht aus der Flucht durch den Wald. Es wird Alarm geschlagen. Ich beginne die Untersuchung und treffe alle notwendigen Maßnahmen. Ergebnis: Die beiden Flüchtlinge werden umstellt. Der eine entkommt. Der andere wird verhaftet und in Gewahrsam genommen. Man benachrichtigt mich. Ich suche ihn in dem dunklen Raume auf, in den man ihn geschafft hat. Es ist eine Frau.«

Brégeac war immer weiter zurückgewichen und wankte wie ein Betrunkener. Er lehnte sich gegen, den Rücken eines Sessels und stammelte:

»Sie sind wahnsinnig geworden! Sie schwatzen Unsinn!«

Marescal fuhr unerschütterlich fort:

»Ich komme zum Ende. Mit Hilfe des Pseudobarons, dem ich törichterweise nicht genug misstraute, gelingt es der Gefangenen, zu fliehen und sich wieder mit Guillaume zu vereinen. Ich finde ihre Spuren in Monte Carlo wieder. Dann verliere ich Zeit. Ich suche vergeblich ... bis zu dem Tage, da ich auf den Gedanken komme, nach Paris zurückzukehren und nachzusehen, ob Ihre Nachforschungen, Brégeac, nicht ein besseres Ergebnis hatten als meine. So konnte ich Ihnen im Kloster Sainte-Marie um wenige Stunden zuvorkommen und zu einer gewissen Terrasse gelangen, auf der sich das gnädige Fräulein Liebeserklärungen machen ließ. Der Anbeter war nicht mehr derselbe: nicht mehr Guillaume Ancivel, sondern Baron de Limézy, der dritte Helfer.«

Brégeac hörte diese entsetzlichen Beschuldigungen starr vor Staunen an. All das musste ihm so unwiderleglich wahr erscheinen und seine eigenen Ahnungen bestätigen; alles entsprach auch den halben Andeutungen, die Aurelie ihm über ihre Rettung gemacht hatte, so sehr, dass er nicht mehr zu widersprechen wagte. Ab und zu beobachtete er das junge Mädchen, das unbeweglich und stumm in ihrer starren Haltung verharrte. Die Worte schienen nicht zu ihr zu dringen. Sie schien eher auf die Geräusche von draußen zu achten. Wartete sie immer noch?

»Und weiter«, sagte Brégeac.

»Mit seiner Hilfe gelang es ihr abermals zu entfliehen. Und ich muss Ihnen gestehen, dass ich heute darüber lache! Denn ...«

Er sprach leiser:

»Denn heute habe ich mich rächen können ... Und *wie* rächen können, Brégeac! Erinnern Sie sich, vor einem halben Jahr haben Sie mich wie einen Dienstboten aus diesem Zimmer gejagt ... Und heute halte ich das Schicksal dieser Kleinen in meinen Händen! ... Und alles ist aus.«

Er machte eine Bewegung mit der Faust, als drehe er einen Schlüssel im Schloss herum, und diese Bewegung war so klar, bezeichnete seinen unbeugsamen Willen so deutlich, dass Brégeac rief:

»Nein, nein, das ist nicht wahr, Marescal! ... Nicht wahr, Sie werden dieses Kind nicht ausliefern? ...«

»In Sainte-Marie«, sagte Marescal hart, »habe ich ihr die Hand zum Frieden geboten: sie wollte nicht ... Heute ist es zu spät.«

Und als Brégeac mit ausgestreckten Händen sich ihm näherte, schnitt er jede Bitte mit folgenden Worten ab:

»Geben Sie sich keine Mühe! ... Sie hat mich nicht haben wollen ... Folglich soll auch sie niemanden haben. Und das ist gerecht so. Die begangenen Verbrechen büßen, bedeutet den Schmerz bezahlen, den sie mir zugefügt hat!«

Aurelie rührte sich nicht. Marescal nahm das Telefon und ließ sich mit dem Polizeipräsidium verbinden.

»Hallo! Verbinden Sie mich bitte mit Herrn Philippe, hier Marescal.«

Dann wandte er sich zu dem jungen Mädchen und legte ihm den zweiten Hörer gegen das Ohr.

Aurelie rührte sich nicht. Am anderen Ende hörte man eine Stimme antworten:

»Philippe?« fragte Marescal.

»Marescal?«

»Hör' zu. Neben mir steht jemand, den ich überzeugen will. Bitte beantworte alle meine Fragen.«

»Bitte.«

»Wo warst du heute Vormittag um zwölf Uhr?«

»Im Polizeigefängnis, du hattest mich darum gebeten. Ich habe die Person in Empfang genommen, die Labonce und Tony einbrachten.«

»Woher kam diese Person?«

»Aus der Wohnung in der Rue de Courcelles, gegenüber von Brégeacs Haus.«

»Man hat ihn also festgenommen?«

»Ich habe persönlich seine Unterbringung überwacht.«

»Unter welchem Namen?«

»Baron de Limézy.«

»Tatbestand?«

»Er soll der Anführer der Banditen aus dem Express sein.«

»Ist er seit heute Morgen nochmals vorgeführt worden?«

»Jawohl. Er ist eben gemessen worden. Man ist noch dabei.«

»Danke, Philippe. Auf Wiedersehen.«

Er hing an und sagte:

»Nun, mein schönes Fräulein, wo ist der Retter? Gefangen und gefesselt.«

Sie antwortete:

»Das wusste ich.«

Er lachte laut auf:

»Sie wusste es! Und wartet trotzdem! Zu komisch! Wie denken Sie sich das eigentlich? Sollen die Mauern des Gefängnisses einstürzen und ein Auto vom Himmel fallen, damit er hier aus der Decke erscheinen kann!«

Er hatte das junge Mädchen bei der Schulter gepackt und schüttelte es brutal.

»Es ist aus! Nichts kann dich mehr retten! In einer Stunde bist auch du ...«

Er konnte nicht zu Ende sprechen. Hinter ihm richtete Brégeac sich auf und umspannte seinen Hals mit seinen fiebrigen Händen.

Sobald Marescal sich dem jungen Mädchen genähert hatte, war es Brégeac rot vor Augen geworden. Marescal brach zusammen, und die beiden Männer rollten auf den Fußboden.

Der Kampf war erbittert. Wohl war Marescal der Stärkere, aber Brégeacs Hass glich seine körperliche Unterlegenheit aus.

Aurelie beobachtete sie entsetzt, aber sie rührte sich nicht. Alle beide waren Feinde, sie verabscheute alle beide ...

Endlich konnte Marescal sich freimachen; man sah, wie er nach seinem Browning fassen wollte. Aber der andere verrenkte ihm den Arm, und es gelang Marescal nur, nach seiner Signalpfeife zu greifen, die an seiner Uhrkette hing. Ein schriller Pfiff ertönte. Brégeac verdoppelte seine Anstrengungen, um seinen Gegner noch einmal an der Kehle zu packen. Die Tür wurde aufgerissen. Eine Gestalt stürzte ins Zimmer. Marescal war im Handumdrehen befreit, und Brégeac sah zehn Zentimeter vor seinen Augen den Lauf eines Revolvers.

»Bravo, Sauvineux!« rief Marescal ... »Das soll Ihnen nicht vergessen werden!«

Sein Zorn war so groß, dass er die Feigheit besaß, Brégeac mitten ins Gesicht zu spucken.

»Du Schuft! Du winselst vorhin noch um Nachsicht! Schluss damit! Der Minister fordert deinen Abschied. Ich habe ihn in der Tasche – du brauchst nur noch zu unterzeichnen!«

Er zog ein Papier aus der Tasche.

»Der Abschied ... Und Aurelies Geständnis. Hier ist zu unterschreiben! ›Ich gestehe, am Verbrechen im Express teilgenommen und auf die Brüder Loubeaux geschossen zu haben. Ich gestehe ferner, dass ...‹ Kurz und gut, die ganze Geschichte! Du brauchst gar nicht erst zu lesen! ... Unterschreibe ... Verlieren wir keine Zeit.«

Er hatte ihr seinen Füllfederhalter in die Hand gedrückt, und sie unterschrieb, ohne das Schriftstück auch nur durchzulesen.

»So, das hätten wir«, sagte Marescal vergnügt. »Ich hätte nicht gedacht, dass alles so glatt geht. Bravo, Aurelie, du hast die Situation erkannt, und du, Brégeac?«

Brégeac schüttelte den Kopf. Er weigerte sich.

»Unterzeichnen Sie getrost«, redete Aurelie ihm zu.

Und Brégeac unterzeichnete.

»Das hätten wir«, sagte Marescal, und steckte die Schriftstücke zu sich. »Aber das ist noch nicht alles! Du weißt genau, Brégeac, warum du so rasch klein beigegeben und ein Geständnis abgelegt hast.«

»Ich bin bereit, die Verantwortung für das zu tragen, was sie in einem Anfall von Wahnsinn begangen haben mag.«

»O nein«, höhnte Marescal. »Du weißt, warum du dich von mir duzen lässt: Du hast Angst! Es gibt noch andere Dinge, Dinge von früher! Verbrechen! ...«

»Von früher? Verbrechen? Was soll das bedeuten?«

Marescal geriet wieder in Zorn:

»Was? Du verlangst Erklärungen, wo du welche zu geben hast! Was hatte kürzlich die Expedition an das Ufer der Seine zu bedeuten? Und Sonntag vormittag das Wachestehen vor der verlassenen Villa? Und die Verfolgung des Mannes mit dem Sack? Soll ich dir das Gedächtnis stärken und dir erzählen, dass diese Villa den beiden Brüdern gehörte, die deine Stieftochter im Express erledigt hat? Dass der Mann, den du verfolgst, ein gewisser Jodot ist, nach dem ich im Augenblick fahnde? Jodot, der Teilhaber der beiden Brüder ... Jodot, dem ich einst in diesem Hause begegnet bin ... Wie sich eine Tatsache an die andere reiht! Wie leicht jetzt die Zusammenhänge zu erraten sind!«

Brégeac zuckte die Achseln:

»Unsinn! ... Lächerliche Hypothesen ...«

»Hypothesen, gewiss. Aber sie sind seit einiger Zeit zur Gewissheit geworden! Und du wirst mir dabei helfen, die letzten Unklarheiten zu beseitigen. Ich werde nicht locker lassen. Wider deinen eigenen Willen wirst du ein Geständnis ablegen, jetzt, hier, sofort ...«

Er nahm den Karton, den er mitgebracht und auf den Kamin gestellt hatte, und band ihn auf. Er enthielt eine Strohhülse, wie man sie gebraucht, um Flaschen zu schützen. Marescal zog die Flasche heraus und stellte sie vor Brégeac auf.

»Hier, mein Lieber! Du erkennst sie doch wieder? Du hast diese Flasche dem braven Jodot gestohlen; ich habe sie dir wieder abgenommen, und ein Dritter hat sie vor deinen Augen mir wieder gestohlen. Dieser Dritte war der Baron de Limézy, bei dem ich sie wiedergefunden habe. Verstehst du jetzt meine Freude? Diese Flasche ist ein unersetzlicher Schatz. Hier steht sie nun, Brégeac, mit ihrem Etikett und der Zusammensetzung irgendeines Verjüngungsmittels. Limézy hat sie mit einem Korken versehen und versiegelt. Sieh hin ... man sieht deutlich eine kleine Rolle Papier im Innern der Flasche. Und die wolltest du zweifellos Jodot wieder abnehmen ... Ein Geständnis ... Irgendeine Niederschrift, die dich schwer belastet ... Ja, ja, mein armer Brégeac ...«

Er war auf dem Höhepunkt seines Triumphes. Er zerschlug das rote Siegel und zog den Korken heraus. Dann drehte er die Flasche um. Das Papier fiel heraus. Und noch hingerissen vom Schwunge seiner Ausführungen las er den Inhalt des Papiers vor, ohne den Sinn des Geschriebenen erfasst zu haben:

»Marescal ist ein Rindvieh!«

Es entstand ein langes Schweigen, in dem der verblüffende Satz nachklang ... Marescal war betäubt wie ein Boxer, der einen Schlag auf den Magen bekommen hat. Auch Brégeac, den Sauvineux mit seinem Revolver in Schach hielt, schien bestürzt.

Plötzlich ertönte ein nervöses, unfreiwilliges Lachen, das trotzdem die drückende Atmosphäre des Zimmers heiter unterbrach. Aurelie lachte über das dumme Gesicht, das Marescal machte. Die Tatsache, dass der Gegenstand des Witzes selbst den Satz vorgelesen hatte, trieb ihr die Tränen in die Augen.

Marescal betrachtete sie nicht ohne eine gewisse Unruhe. Er schien in ihrer Heiterkeit eine Bestätigung dafür zu sehen, dass sie immer noch Hilfe erwartete. Vielleicht war alles nur eine sehr geschickt gestellte Falle? Es drohte Gefahr.

»Sobald Brégeac sich rührt – eine Kugel in den Kopf!« befahl er Sauvineux.

Er ging bis zur Tür und öffnete sie:

»Ho! Unten nichts Neues?«

»Herr Marescal?«

Er beugte sich über das Treppengeländer:

»Tony? ... Labonce? ... Niemand gekommen?«

»Nein. Ist oben etwas vorgefallen?«

»Nein, nein ... Sauvineux ist ja bei mir.«

Er kehrte ins Arbeitszimmer zurück. Brégeac, Sauvineux und das junge Mädchen hatten sich nicht vom Fleck gerührt. Nur ... nur es geschah etwas Unerhörtes, Unmögliches, Unvorstellbares, das ihn unbeweglich im Türrahmen festnagelte. Sauvineux hatte eine Zigarette im Munde und sah ihn an, als ob er ihn um Feuer bitten wollte.

Marescal glaubte, er sehe nicht recht. Warum sollte Sauvineux nicht rauchen wollen? Aber allmählich wurde Sauvineux' Gesicht von einem so boshaften und so unverschämten Lächeln erhellt, dass Marescal sich mit den Tatsachen abfinden musste: Sauvineux verwandelte sich, Sauvineux verschwand gleichsam und wurde ...

Unter gewöhnlichen Umständen hätte sich Marescal gegen eine so ungeheuerliche Tatsache stärker zur Wehr gesetzt. Aber wenn es sich um Ereignisse handelte, die mit dem Menschen zusammenhingen, den er den »Mann aus dem Express« nannte, wurden die fantastischsten Tatsachen zu natürlichen Geschehnissen, denen er sich widerstandslos unterwarf. Es konnte ja nicht anders sein: Sauvineux, den der Minister ihm vor acht Tagen ausdrücklich empfohlen hatte, war derselbe Teufelskerl, den er am Morgen verhaftet hatte und *der gegenwärtig im Polizeigefängnis gemessen wurde.*

»Tony«, brüllte der Kommissar und verließ zum zweiten Mal das Zimmer.

»Tony! Labonce! So kommt doch herauf, zum Teufel!«

Er schrie, heulte und tobte im Treppenhause blindlings, wie eine Biene gegen ein Fenster anrennt.

Seine Leute kamen heraufgestürmt. Er versuchte zu erklären:

»Sauvineux ... ist ... Sauvineux ist der Kerl von heute Morgen, den wir drüben verhaftet haben; er ist geflohen und hat sich verkleidet ...«

Tony und Labonce fanden keine Worte.

Marescal geriet außer sich. Er stieß sie in das Zimmer, dann zog er seinen Revolver:

»Hände hoch, Schurke! Hände hoch! Labonce, nimm ihn auch aufs Korn!«

Sauvineux hatte auf dem Schreibtisch einen kleinen Taschenspiegel aufgebaut und begann, sich sorgfältig abzuschminken. Er hatte sogar den Browning auf den Tisch gelegt.

Marescal sprang zu, packte die Waffe, wich zurück und streckte beide Arme aus.

»Hände hoch! Oder ich schieße! Hörst du denn nicht, du Schurke?«

Auf den »Schurken« schien das weiter keinen Eindruck zu machen. Sorgfältig riss er sich Haar für Haar aus den Backen und an den Augenbrauen kleine wilde Härchen aus.

»Ich schieße! Ich schieße! Ich zähle noch bis drei! Eins ... zwei ... drei ...«

»Du begehst eine Dummheit, Rodolphe«, flüsterte Sauvineux.

Und Rodolphe beging die Dummheit wirklich. Er schoss mit beiden Händen drauflos, auf gut Glück, auf den Kamin, auf die Bilder, dumm und verbissen, wie ein Mörder, den der Blutgeruch berauscht und der in den wankenden Leichnam immer wieder den Dolch stößt.

Brégeac duckte sich. Aurelie rührte sich nicht. Ihr Vertrauen war unbegrenzt. Sauvineux hatte etwas Fett auf sein Taschentuch gelegt und schminkte sich das Rot aus seinem Gesicht. Allmählich kam Raoul wieder zum Vorschein.

Sechs Schüsse waren gefallen. Das Zimmer war voller Rauch. Zertrümmerte Spiegel, Marmorsplitter, zerfetzte Bilder ... Es war, als hätte man das Zimmer im Sturm genommen. Marescal, der sich seines Tobsuchtsanfalls schämte, kam wieder zu sich. Er sagte zu den beiden Agenten:

»Warten Sie draußen. Sobald ich rufe, kommen Sie wieder herein.«

Er schloss hinter den beiden Männern die Tür.

Sauvineux legte letzte Hand an seine Verwandlung. Er schob seine Krawatte zurecht und richtete sich auf: ein anderer Mensch.

»Guten Tag, gnädiges Fräulein«, sagte Raoul. »Darf ich mich vorstellen? Baron de Limézy, Forscher ... Und seit einigen Wochen auch Polizist! Sie haben mich gleich wiedererkannt, nicht wahr? Schweigen Sie, aber lachen Sie weiter! Ihr Lachen ist meine schönste Belohnung.«

Dann wandte er sich an Brégeac:

»Ich stehe zu Ihrer Verfügung, Herr Brégeac.«

Dann drehte er sich zu Marescal um und sagte heiter:

»Guten Tag, lieber Freund. Warum hast du mich denn nicht wiedererkannt? Du zerbrichst dir wahrscheinlich den Kopf darüber, wie ich dazu komme, an Sauvineux' Stelle hier zu stehen! Denn du glaubst immer noch an deinen Sauvineux. Die ganze Polizei munkelt von einem ungewöhnlich tüchtigen Beamten namens Sauvineux! In Wirklichkeit hat Sauvineux niemals existiert. Sauvineux ist ein Mythos! Eine Persönlichkeit, deren Fähigkeiten man so lange dem Minister angepriesen hat, bis er ihn dir durch Vermittelung seiner Frau als Mitarbeiter angehängt hat! So bin ich seit zehn Tagen in deinen Diensten, das heißt, ich habe dir auf die richtige Spur geholfen, habe dir die Wohnung des Barons de Limézy verraten, habe mich dann heute Morgen durch mich verhaften lassen und dort, wo ich sie versteckt hatte, die wunderbare Flasche gefunden, die die fundamentale Wahrheit enthält: ›Marescal ist ein Rindvieh‹.«

Marescal beherrschte sich. Am liebsten hätte er sich auf seinen Gegner gestürzt, der im angenehmsten Plaudertone fortfuhr:

»Du scheinst gar nicht zufrieden zu sein, Rodolphe? Was passt dir denn nicht? Du fragst dich, wie ich zu gleicher Zeit als Limézy ins Gefängnis gehen und dich als Sauvineux begleiten konnte? Ja, ja, du alter Detektiv! Die Sache ist ja so einfach! Da der Überfall in mein Haus von mir selbst geplant war, habe ich dem Baron von Limézy einen Menschen untergeschoben, der mich schweres Geld gekostet hat. Er hatte eine gewisse Ähnlichkeit mit dem Baron und hatte sich verpflichtet, alles auf sich zu nehmen, was ihm an diesem Tage geschehen könnte. Von meiner alten Wirtschafterin geführt, hast du dich wie ein Stier auf meinen Ersatz gestürzt, und ich, Sauvineux, habe ihm sofort ein Tuch über den Kopf geworfen. So ging's ins Polizeigefängnis. Ergebnis: Da du unbedingt sicher warst, dass Limézy dir nicht in den Weg treten konnte, tatest du, was du sonst niemals gewagt hättest, wenn ich frei gewesen wäre. *Das musste aber geschehen.* Hörst du, es musste geschehen. Wir mussten uns einmal zu viert sprechen. Die Sache musste einmal geregelt werden, damit wir weiterkommen. Jetzt ist alles in Ordnung, nicht wahr? Man atmet geradezu erleichtert auf! Es muss doch ein angenehmer Gedanke für dich sein, zu wissen, dass das gnädige Fräulein und ich uns in zehn Minuten von dir verabschieden werden.«

Marescal hatte seine Beherrschung wiedergefunden. Er wollte ebenso ruhig sein wie sein Gegner. Er nahm das Telefon ab.

»Hallo! Polizeipräsidium, bitte ... Hallo ... Präsidium? ... Bitte Herrn Philippe ... Nun? ... Hat man den Irrtum schon gemerkt? ... Ja, ich weiß bereits Bescheid ... Hör' mal ... Nimm zwei Motorräder und komm' schleunigst hierher ... Zu Brégeac! ... Unten läuten, verstanden? Also los! ... Jede Sekunde ist kostbar ...«

Er hing an und beobachtete Raoul.

»Du hast etwas zu früh die Karten aufgedeckt«, sagte er jetzt, und machte sich über ihn lustig. »Der Angriff hat das Ziel verfehlt – jetzt kommt der Gegenstoß. Unten stehen Tony und Labonce. Hier stehe ich – und auch Brégeac, der schließlich keine Veranlassung hat, dein Freund zu sein. Das dürfte dir wohl fürs erste die Lust nehmen, Aurelie zu befreien. In zwanzig Minuten treffen außerdem drei Spezialisten aus dem Präsidium ein. Genügt dir das?«

Raoul beschäftigte sich eingehend damit, Zigaretten in eine Tischplatte zu stecken. Er stellte sieben hintereinander auf, dann etwas weiter entfernt eine einzelne Zigarette.

»Teufel«, sagte er, »sieben gegen einen. Das ist ein bischen knapp! Was soll nur aus euch werden?«

Er fasste zögernd nach dem Telefonhörer.

»Gestattest du?«

Marescal ließ ihn ruhig gewähren, beobachtete aber jede Bewegung. Raoul begann:

»Hallo ... Bitte Elysées 2223, Fräulein ... Habe ich die Ehre mit dem Präsidenten der Republik? Ach, Herr Präsident, schicken Sie doch bitte Herrn Marescal ein Bataillon Infanterie ...«

Wütend riss Marescal ihm den Hörer aus der Hand:

»Genug mit diesen Albernheiten. Ich nehme an, du bist nicht zum Spaß hierhergekommen! Was willst du?«

Raoul machte eine mutlose Handbewegung.

»Du verstehst wirklich keinen Spaß.«

»So sprich endlich!«

»Bitte sprechen Sie«, bat auch Aurelie ...

Er sagte lachend:

»Wenn Sie befehlen, gern!«

Er wurde ernst.

»Worte können zu Taten werden, und manchmal ist nichts so wertvoll, wie die Bestimmtheit gewisser Worte. Mein Zweck ist, euch zu überzeugen ...«

»Wovon zu überzeugen?«

»Dass das gnädige Fräulein vollkommen unschuldig ist«, sagte Raoul ruhig.

»Sie hat also niemanden getotet?« fragte spöttisch der Kommissar.

»Nein.«

»Und du vielleicht auch nicht?«

»Ich auch nicht.«

»Wer hat denn getötet?«

»Andere.«

»Lüge!«

»Nein! Wahrheit! Marescal, vom ersten bis zum letzten Schritt hast du dich in dieser Angelegenheit geirrt. Ich wiederhole, was ich dir bereits in Monte Carlo gesagt habe: ich kenne das gnädige Fräulein kaum. Als ich sie auf dem Bahnhof von Beaucourt rettete, hatte ich sie erst einmal gesehen, und zwar am Nachmittag auf dem Boulevard Haussmann. Erst in Sainte-Marie haben wir uns einige Male gesprochen. Bei diesen Begegnungen hat sie stets vermieden, vom Verbrechen im Express zu sprechen, und ich habe sie niemals danach gefragt. Die Wahrheit ist ohne ihr Zutun an den Tag gekommen.«

Marescal zuckte die Achseln, widersprach jedoch nicht. Trotz allem war er neugierig, wie der andere die Ereignisse auslegen würde.

Er sah nach der Uhr und lächelte. Philippe und seine Leute mussten bald da sein.

Brégeac hörte zu, ohne zu begreifen, und sah Raoul an.

Aurelie schien plötzlich Angst bekommen zu haben und ließ ihn nicht aus den Augen.

Er begann und gebrauchte unbewusst die gleichen Ausdrücke, deren sich Marescal bedient hatte.

»Am sechsundzwanzigsten April also war der Wagen Nummer fünf des Expresszuges nach Marseille nur von vier Personen besetzt, von einer Engländerin, Miss Bakefield ...«

Er unterbrach sich plötzlich, dachte einige Sekunden nach und fuhr dann entschlossen fort:

»Nein, so darf man nicht vorgehen. Man muss weiter zurückgreifen und die ganze Geschichte logisch entwickeln. Einige Einzelheiten fehlen mir. Aber was ich weiß und was man mit einiger Bestimmtheit ergänzen kann, genügt, um die Zusammenhänge klarzustellen.

Vor etwa achtzehn Jahren – Marescal, ich wiederhole: vor etwa achtzehn Jahren – trafen sich in Cherbourg vier junge Leute ziemlich regelmäßig im Café: Ein gewisser Brégeac, Sekretär im Marineamt, ein gewisser Jaques Ancivel, ein gewisser Loubeaux und ein Herr Jodot. Die Beziehungen waren ziemlich oberflächlich und dauerten nicht lange, zumal die drei Letztgenannten mit dem Gesetz in Konflikt geraten waren und Brégeac als Verwaltungsbeamter diesen Verkehr nicht fortsetzen konnte. Außerdem heiratete Brégeac und wurde nach Paris versetzt.

Er hatte eine Witwe geheiratet, die ein kleines Mädchen namens Aurelie d'Asteux hatte. Der Vater seiner Frau, Etienne d'Asteux, war ein Sonderling, der in der Provinz lebte, ein unermüdlicher Sucher und Erfinder, der schon mehrmals nahe daran gewesen war, ein großes Vermögen zu erwerben, oder ein Geheimnis zu ergründen, das ihm ein solches Vermögen in den Schoß werfen konnte. Kurze Zeit vor der Heirat seiner zweiten Tochter mit Brégeac schien er eines dieser wunderbaren Geheimnisse entdeckt zu haben. Er behauptete es wenigstens in Briefen an seine Tochter, von denen Brégeac nichts erfährt, und lässt sie eines Tages mit der kleinen Aurelie zu sich kommen, um es ihr zu beweisen. Die heimliche Reise kam jedoch Brégeac zu Ohren, nicht erst später, wie das gnädige Fräulein annimmt, sondern sofort. Brégeac fragt seine Frau. Sie schweigt über das Wesentliche, wie sie es ihrem Vater geschworen hat. Immerhin macht sie ihrem Manne Andeutungen, die ihn in dem Glauben bestärken, dass der Alte irgendwo einen Schatz vergraben habe. Aber wo? Und warum sollte man sich nicht sofort in seinen Besitz setzen? Das Zusammenleben wird qualvoll. Brégeac verbeißt sich immer mehr, er belästigt Etienne d'Asteux, fragt das Kind aus, das keine Antwort gibt, verfolgt seine Frau, bedroht sie sogar, kurz, er lebt in einem Zustande beständig wachsender Erregung.

Da bringen ihn zwei Ereignisse vollends außer sich. Seine Frau stirbt an einer Lungenentzündung. Und er erfährt, dass auch sein Schwiegervater d'Asteux im Sterben liegt. Brégeac ist verzweifelt. Was soll aus dem Geheimnis werden, wenn Etienne d'Asteux nicht spricht? Was soll aus dem Schatz werden,

wenn Etienne d'Asteux ihn seiner Enkelin als ›Großjährigkeits-
geschenk‹ vermacht (wie es in einem der Briefe heißt)? Brégeac sollte leer ausgehen? Alle Reichtümer sollten ihm entgehen? Er muss, gleichviel wie, das Geheimnis ergründen. Ein
unheilvolles Schicksal weist ihm Mittel und Wege. Er wird mit
der Untersuchung eines Diebstahls betraut und stößt dabei auf
seine drei alten Kameraden aus Cherbourg, Loubeaux, Jodot
und Ancivel. Die Versuchung ist zu groß für Brégeac. Er unter-
liegt ihr und spricht. Sie werden handelseins. Für die drei
Diebe bedeutet es sofortige Freilassung. Sie machen sich sogleich nach dem Dorf auf, in dem der alte Herr im Sterben
liegt, und wollen ihm gütlich oder gewaltsam die nötigen Angaben entreißen.

Der Anschlag misslingt. Mitten in der Nacht wird der alte
Mann überfallen, man will ihn zum Sprechen zwingen; aber er
sagt kein Wort und stirbt. Die drei Mörder fliehen. Brégeacs
Gewissen ist mit einem Verbrechen belastet, das ihm nicht den
geringsten Nutzen gebracht hat.«

Raoul de Limézy machte eine Pause und beobachtete Brégeac.

Brégeac schwieg. Widersprach er so ungeheuerlichen Beschuldigungen? War sein Schweigen ein Geständnis? Man
hätte meinen können, all dies sei ihm sehr gleichgültig und die
Vergangenheit lasse ihn angesichts seiner gegenwärtigen ver-
zweifelten Lage kalt.

Aurelie hatte ihr Gesicht in den Händen verborgen; sie
hatte zugehört, ohne sich zu rühren. Marescal wurde wieder
zuversichtlicher; er war auch etwas erstaunt, dass Raoul de
Limézy so wichtige Tatsachen enthüllt hatte und nun preisgab.
Marescal fühlte, wie sein Todfeind Brégeac ihm immer stärker
ausgeliefert wurde. Und er sah abermals nach der Uhr.

Raoul fuhr fort:

»Das Verbrechen war also nutzlos, aber die Folgen machten
sich bemerkbar, obwohl die Gerichte niemals davon erfahren

hatten. Zunächst reist einer der Komplizen, Jaques Ancivel, nach Amerika. Bevor er reist, sagt er alles seiner Frau. Diese wendet sich an Brégeac und zwingt ihn, bei Androhung sofortiger Denunziation, zur Unterzeichnung eines Schriftstückes, indem er die gesamte Verantwortung für das an Etienne d'Asteux begangene Verbrechen auf sich nimmt und die drei Schuldigen entlastet. Brégeac hat Angst und unterzeichnet törichterweise. Das Dokument wird Jodot ausgehändigt und von diesem und Loubeaux in eine Flasche geschlossen, die sie unter Etienne d'Asteux' Kopfkissen gefunden und durch Zufall behalten haben. Von jetzt ab haben sie Brégeac in der Hand und können ihn hochgehen lassen, wenn sie wollen.

Sie haben ihn in der Hand. Aber es handelt sich um intelligente Burschen, die zunächst auf kleine Erpressungen verzichten und Brégeac ruhig avancieren lassen. Im Grunde haben sie nur einen Gedanken, nämlich, den Schatz zu entdecken, von dem ihnen Brégeac unvorsichtigerweise erzählt hat.

Brégeac weiß aber gar nichts. Niemand weiß etwas ... niemand, außer dem kleinen Mädchen, das die Landschaft gesehen hat, aber im Innersten ihrer Seele das ihr auferlegte Gebot des Schweigens hält. Es heißt also, warten und aufpassen. Man will handeln, sobald sie das Kloster verlassen hat, in das sie Brégeac geschickt hat ...

Sie kommt aus dem Kloster. Am Tage ihrer Ankunft selbst, vor zwei Jahren, erhält Brégeac einen Brief von Jodot und Loubeaux, in dem sie ihm mitteilen, dass sie ihm für die Suche nach dem Schatz vollkommen zur Verfügung stehen. Er solle die Kleine zum Sprechen bringen und sie auf dem laufenden halten, sonst ...

Für Brégeac ist es ein Blitz aus heiterem Himmel. Nach zwölf Jahren durfte er mit Recht hoffen, dass die Angelegenheit endgültig begraben sei. Er hat im Grunde auch gar kein Interesse mehr an der Sache. Die Geschichte erinnert ihn an ein Verbrechen, das er verabscheut, und an eine Zeit, an die er sich nur mit Entsetzen erinnert. Und plötzlich tauchen diese Schändlichkeiten wieder aus dem Schatten der Vergangenheit auf! Was soll er tun?

Solche Fragen sind kaum zu beantworten. Er muss gehorchen, er muss seine Stieftochter quälen und sie zum Sprechen bringen. Und er tut es wirklich. Die Begierde nach Reichtum erwacht wieder in ihm. Jeden Tag wird das arme Mädchen ins Verhör genommen. Es gibt Streit und Drohungen. Die Unglückliche fühlte sich in jedem Gedanken und in jeder Erinnerung gehetzt. Sie will leben: man gönnt es ihr nicht. Sie will ihr Leben genießen, sie darf sogar einige Freundinnen sehen, singt bisweilen ... Aber kaum ist sie zu Hause, beginnt das Martyrium wieder.

Ein Martyrium, zu dem etwas wirklich Abscheuliches hinzukommt, etwas, wovon ich kaum zu sprechen wage: Brégeacs Liebe. Lassen wir das. Marescal, du weißt besser Bescheid als ich, denn, kaum hattest du Aurelie gesehen, wurdest du Brégeacs unversöhnlicher Rivale.

Allmählich musste das arme Opfer die einzige Rettung in der Flucht sehen. Sie wird bestärkt in diesem Gedanken durch eine Persönlichkeit, die Brégeac selbst wider Willen in seinem Hause einführt, nämlich durch Guillaume, den Sohn des einen Kameraden aus Cherbourg. Der spielt seine Rolle sehr geschickt im Dunkeln und erregt keinerlei Misstrauen. Seine Mutter lenkt ihn; sie weiß, dass Aurelie dem Manne, den sie lieben wird, ihr Geheimnis anvertrauen kann, und Guillaume träumt davon, sich ihre Liebe zu erringen. Er bietet ihr seine Hilfe an. Er will sie in den Süden begleiten, wohin ihn angeblich seine Geschäfte führen.

So kam der sechsundzwanzigste April.

Marescal, beachte die Stellung der Schauspieler in diesem Drama und den Zusammenhang der Dinge! Zunächst flieht Aurelie aus ihrem Gefängnis. Glücklich über die bevorstehende Befreiung, hatte sie sich bereit gefunden, am letzten Tage mit ihrem Stiefvater in einer Konditorei auf dem Boulevard Haussmann Tee zu trinken. Dort traf sie dich zufällig. Skandal. Brégeac führt seine Stieftochter nach Hause. Ihre Flucht gelingt. Am Bahnhof trifft sie Guillaume.

Guillaume verfolgt ein doppeltes Ziel. Er will Aurelie verführen, gleichzeitig aber will er in Nizza einen Einbruch unter der Leitung von Miss Bakefield ausführen, zu deren Bande er gehört. So wird die Engländerin in ein Drama verwickelt, in dem sie nicht die geringste Rolle spielte.

Außerdem haben wir noch Jodot und die Brüder Loubeaux. Die drei sind so geschickt vorgegangen, dass Guillaume und seine Mutter keine Ahnung von ihrem Wiederauftauchen haben und nicht wissen, dass sie Konkurrenten sind. Aber die drei Banditen haben Guillaumes Manöver verfolgt, sie wissen, was vorgeht; sie haben auch den Einbruchsplan erfahren und sind am sechsundzwanzigsten April zur Stelle. Ihr Plan steht fest: sie wollen Aurelie entführen und sie, *ganz gleich, wie*, zum Sprechen zwingen. Das ist doch klar, nicht wahr?

Die besetzten Plätze verteilen sich folgendermaßen: Wagen Nummer fünf. Hinten Miss Bakefield und Baron de Limézy. Vorn Aurelie und Guillaume Ancivel ... Du verstehst doch, Marescal? *Vorn*! Aurelie und Guillaume, und nicht die Brüder Loubeaux, wie man bisher annahm. Die beiden Brüder und auch Jodot befinden sich anderswo. Sie sind im Wagen Nummer vier, in deinem Wagen, Marescal; sie haben die Lampe verdunkelt und sind nicht zu erkennen. Begreifst du jetzt?«

»Ja«, sagte Marescal leise.

»Der Zug ist in voller Fahrt. Zwei Stunden vergehen. Station La Roche. Es geht weiter. In diesem Augenblick verlassen die drei Männer aus dem Wagen Nummer vier, das heißt, Jodot und die Brüder Loubeaux, ihr verdunkeltes Abteil. Sie sind maskiert, tragen graue Blusen und Mützen. Sie betreten den Wagen Nummer fünf. Gleich links zwei Silhouetten, ein Herr und eine Dame mit hellblonden Haaren; beide scheinen zu schlafen. Jodot und der ältere Loubeaux machen sich ans Werk, während der andere Schmiere steht. Der Baron wird niedergeschlagen und gebunden. Die Engländerin wehrt sich. Jodot packt sie an der Kehle, und jetzt erst erkennt er seinen Irrtum: es ist nicht Aurelie, sondern eine andere Frau, die die gleichen Haare hat. In diesem Augenblick kommt der jüngere Bruder und führt seine Komplizen an das Ende des Wagens zu dem Abteil, in dem sich wirklich Guillaume und das junge Mädchen befinden. Dort kommt alles anders. Guillaume hat Lärm gehört und ist auf der Hut. Er hat seinen Revolver; der Kampf ist sofort entschieden: zwei Schüsse, die beiden Brüder fallen, und Jodot flieht.

Wir verstehen uns doch, Marescal, nicht wahr? Dein Irrtum, der Irrtum der Behörden, aller Menschen Irrtum bestand darin, die Tatsachen nach dem Anschein zu betrachten, und nach dieser sehr richtigen und übrigens durchaus logischen Methode sind die Toten die Opfer, und die Flüchtigen die Verbrecher. Man hat nicht daran gedacht, dass es auch umgekehrt sein kann: dass die Angreifer getötet werden und die Überfallenen heil und unversehrt fliehen können. Und Guillaume musste sich zur Flucht entschließen. Wenn er wartet, ist er verloren. Guillaume, der Einbrecher, hat keine Lust, der Polizei Einblicke in seine Angelegenheiten zu geben. Bei der geringsten Untersuchung mussten die dunklen Untergründe seines Lebens ans Tageslicht kommen. Sollte er den Kampf aufgeben? Das wäre zu dumm gewesen, zumal er sich zu helfen wusste. Er zögert keine Minute, er macht seiner Begleiterin die Folgen eines Skandals klar. Entsetzt, starr vor Schrecken und gelähmt beim Anblick der beiden Toten, lässt sie willenlos alles mit sich geschehen. Guillaume zieht ihr mit Gewalt eine Bluse über und verkleidet sie als den jüngeren Loubeaux. Er selbst schleppt alle Handtaschen fort, um ja keine Spur zu hinterlassen. So laufen beide den Gang entlang, treffen auf den Schaffner und springen ab.

Eine Stunde später, nach einer schrecklichen Flucht durch die Wälder, wird Aurelie verhaftet, in einem Raume des Bahnhofsgebäudes festgesetzt. Sie ist verloren, denn sie sieht sich ihrem unerbittlichen Gegner Marescal gegenüber.

Da kommt die Überraschung: ich trete auf ...«

Raoul ließ es sich nicht nehmen, zur Tür zu gehen und die Bewegung des auftretenden Schauspielers getreulich nachzuahmen.

»Ich trete also auf«, sagte er und lächelte zufrieden. »Es war auch höchste Zeit. Ich bin überzeugt, dass auch du dich gefreut hast, Marescal, unter diesem Lumpengesindel einem Manne zu begegnen, der noch, bevor er wusste, worum es sich eigentlich handelte, und nur weil das gnädige Fräulein so schöne grüne Augen hat, sich als Beschützer der verfolgten Unschuld ins Zeug legte.«

Raoul beugte sich vor und sagte:

»Warum weinen Sie, gnädiges Fräulein? Die bösen Dinge sind doch alle vorbei, sogar Marescal verneigt sich vor einer Unschuld, die er anerkennen muss. Weinen Sie nicht, gnädiges Fräulein ... Ich komme immer zur rechten Zeit. Ich habe mir das so angewöhnt und versäume meinen Auftritt niemals. Ich war noch immer zur Stelle: in Beaucourt, in Nizza, in Sainte-Marie und jetzt. Was befürchten Sie also? Alles ist vorbei – wir brauchen nur noch in aller Ruhe zu gehen, bevor die Hilfstruppen aus dem Präsidium kommen oder das Bataillon Infanterie das Haus umzingelt hat. Nicht wahr, Rodolphe? Du legst uns doch kein Hindernis in den Weg, und das gnädige Fräulein ist frei? ... Nicht wahr, du bist von dieser Lösung, die deinen Sinn für Gerechtigkeit und Höflichkeit befriedigt, ganz entzückt? Darf ich bitten, gnädiges Fräulein? ...«

Sie kam zögernd; sie fühlte nur zu gut, dass die Schlacht noch nicht gewonnen sei. Marescal stand unerbittlich auf der Schwelle. Brégeac stellte sich neben ihn. Die beiden Männer machten gegen den Rivalen, der triumphierte, gemeinsame Sache ...

XI. Blut

Raoul näherte sich dem Kommissar; er würdigte Brégeac keines Blickes und sagte sehr ruhig:

»Das Leben erscheint uns sehr kompliziert, weil wir es oft nur in Bruchstücken sehen. Genau so steht es mit der Sache aus dem Express. Sie erscheint verwirrt und zusammenhanglos. Sobald man jedoch die Tatsachen zurechtrückt, wird alles logisch, einfach und natürlich. Ich habe dir diese Dinge eindringlich dargestellt, Marescal, und du musst einsehen, dass Aurelie d'Asteux unschuldig ist. Lass sie gehen.«

Marescal zuckte die Achseln.

»Nein.«

»Sei nicht starrköpfig, Marescal. Ich bitte dich nochmals, deinen Irrtum einzusehen.«

»Meinen Irrtum?«

»Gewiss, denn sie hat nicht getötet. Sie war keine Mitschuldige, sie ist sogar das Opfer des Verbrechens.«

Der Kommissar lachte:

»Wenn sie keinen Mord begangen hat, warum ist sie dann geflohen? Guillaumes Flucht ist mir verständlich, aber sie? Sie hätte doch mit wenigen Worten alles aufklären können.«

»Ausgezeichnet, Marescal«, sagte Raoul, »dieser Einwand ist stichhaltig. Auch mich hat dieses Schweigen stutzig gemacht, denn sie hat es selbst mir, ihrem Helfer gegenüber, niemals gebrochen, und hätte mir doch wertvolle Fingerzeige geben können. Aber ihre Lippen blieben verschlossen. Erst hier in diesem Hause habe ich das Rätsel gelöst. Ich muss um Verzeihung bitten, wenn ich während ihrer Krankheit die Schubladen durchsucht habe. Es musste sein. Hier, Marescal, lies diesen Satz, der sich unter den Anweisungen befindet, die ihre sterbende Mutter ihr hinterlassen hat und die ihr keine Zweifel über Brégeacs wahre Natur ließen:

›*Aurelie, was auch immer geschehe, und wie dein Stiefvater sich auch immer benehmen mag, klage ihn niemals an! Verteidige ihn, selbst wenn du unter ihm leiden solltest, selbst wenn er schuldig ist: ich habe seinen Namen getragen.*‹«

Marescal protestierte:

»Aber sie hatte ja keine Ahnung von Brégeacs Verbrechen! Und hätte sie es selbst gewusst, so stand es doch in keiner Beziehung zu der Tat im Express. Brégeac konnte doch damit nichts zu tun haben!«

»Doch.«

»Durch wen?«

»Durch Jodot ...«

»Wie kann man das beweisen?«

»Es ist bewiesen durch die Mitteilung, die mir Guillaumes Mutter, die Witwe Ancivels, gemacht hat. Sie lebt hier in Paris, und ich habe ihr viel Geld für eine Niederschrift all der Dinge zahlen müssen, die sie weiß. Ihr Sohn hat ihr erzählt, dass im Abteil des Expresszuges angesichts der beiden Toten Jodot ihr die Maske vom Gesicht gerissen und ihr zugeschworen hat:

›*Wenn du nur ein Wort verrätst, Aurelie, wenn du von mir sprichst, und ich verhaftet werde, so erzähle ich das Verbrechen von früher: Brégeac hat deinen Großvater d'Asteux getötet.*‹

Diese Drohung wurde in Nizza wiederholt. Sie hat Aurelie wehrlos gemacht und ihr Schweigen auferlegt. Habe ich die Wahrheit gesprochen, gnädiges Fräulein?«

Sie murmelte:

»Die volle Wahrheit.«

»Siehst du, Marescal, dein Einwand ist doch nicht stichhaltig. Das Schweigen des Opfers, das deinen Verdacht bestärkt, ist vielmehr ein Beweis zu ihren Gunsten. Und ich bitte dich abermals: lass sie gehen.«

»Nein«, sagte Marescal, und es war, als überkomme ihn ein neuer Wutanfall, »ich habe keine Lust, sie und die ganze Bande entweichen zu lassen! Und vor allem will ich dir diese Gefälligkeit nicht erweisen! Glaub' nur nicht, dass ich nicht weiß, wer du bist. All deine Verkleidungen haben dir nichts genützt! Ich kenne dich sehr gut, du bist ...«

Er unterbrach sich. Es läutete. Es war Philippe mit seinen Leuten.

Marescal rieb sich die Hände und atmete auf.

»Jetzt bist du verloren, Arsène Lupin ... Meinst du nicht auch?«

Raoul beobachtete Aurelie. Der Name Lupin schien keinen Eindruck auf sie zu machen. Sie lauschte angstvoll auf die Geräusche, die von draußen kamen.

Marescal wartete im Treppenhause. Unten ging die Tür, dann kamen eilige Schritte die Treppe hinauf. Marescal hatte sechs Leute zur Verfügung. Er erteilte Befehle, dann kam er wieder in das Zimmer zurück.

»Keinen unnützen Kampf, nicht wahr, Baron?«

»Ganz recht, lieber Graf! Der Gedanke, Sie alle miteinander zu töten, wie Blaubart seine Frauen, ist mir unerträglich.«

»Du folgst mir also?«

»Bis ans Ende der Welt.«

»Bedingungslos!«

»Unter einer Bedingung! Lad' mich zum Essen ein.«

»Einverstanden. Trocken Brot, Hundekuchen und Wasser«, scherzte Marescal.

»Nein«, entgegnete Raoul.

»Was wünschest du dir denn?«

»Das, was du immer isst, Rodolphe: allerlei schöne Sachen, feines Gebäck und Südweine.«

»Was sagst du da?« fragte Marescal, und schien beunruhigt.

»Nichts Besonderes. Du bittest mich zu dir zum Tee. Ich nehme mit Vergnügen an. Hast du keine Verabredung um fünf Uhr?«

»Verabredung? ...« sagte Marescal immer betroffener.

»Erinnerst du dich denn nicht mehr? Bei dir zu Hause. In deiner kleinen Wohnung in der Rue Duplan ... Da triffst du dich doch jeden Nachmittag mit der Frau deines ...«

»Still«, flüsterte Marescal, der ganz bleich geworden war. Er hatte seine ganze Haltung verloren und schien gar nicht mehr zu Scherzen aufgelegt.

»Warum soll ich still sein?« fragte Raoul, »ziehst du deine Einladung vielleicht zurück? Willst du mich nicht vorstellen? ...«

»Sei ruhig, zum Teufel«, wiederholte Marescal. Er ging zu den Leuten hinaus und nahm Philippe beiseite:

»Einen Augenblick, Philippe, ich muss noch eine Kleinigkeit in Ordnung bringen. Verteile deine Leute so, dass sie nichts hören können.«

Er schloss die Tür, ging auf Raoul zu, sah ihm fest in die Augen und sagte:

»Was soll das bedeuten? Worauf willst du hinaus?«

»Ich will gar nichts.«

»Wozu diese Anspielung? ... Woher weißt du? ...«

»Deine kleine Privatadresse? Und den Namen deiner schönen Freundin? Ich habe das gleiche getan wie bei den anderen, ich habe mir genaue Kenntnis von deinem Lebenswandel verschafft, und meine Nachforschungen führten mich bis zu einer geheimnisvollen, behaglich eingerichteten Wohnung, wo du deine zahlreichen Freundinnen empfängst. Gedämpfte Beleuchtung ... Parfüms, Blumen ... Südweine ... Diwans ... Ei, ei!«

»Kann ich das nicht halten, wie ich will«, stammelte der Kommissar, »was hat das mit deiner Verhaftung zu tun?«

»Gar nichts, wenn du nicht den törichten Einfall gehabt hättest, in diesem lauschigen Nest die verschiedensten Liebesbriefe aufzuheben.«

»Du lügst! Du lügst!«

»Wenn ich gelogen hätte, so würdest du jetzt nicht wie ein Puter aussehen! – In einem Wandschrank ist ein Fach. In diesem Fach ist eine Kassette. In dieser Kassette befinden sich, mit schönen Bändern umschnürt, Briefe schöner Frauen, deren Leidenschaft für den schönen Marescal keine Grenzen kennt. Da haben wir die Frau des Staatsanwalts B. Da haben wir Fräulein X. von der Comédie Française, und vor allem die würdige, schon etwas reife, aber immerhin noch leidliche Gattin des ...«

»Schweig, Schuft!«

»Ein Schuft«, entgegnete Raoul friedlich, »ist höchstens der, der sein vorteilhaftes Äußere ausnützt, um Karriere zu machen.«

Marescal ging zwei- oder dreimal im Zimmer herum, dann blieb er wieder bei Raoul stehen und sagte:

»Wie viel?«

»Was wie viel?«

»Was verlangst du für die Briefe?«

»Dreißig Schillinge, wie Judas.«

»Schwatz' keinen Unsinn. Wie viel?«

»Dreißig Millionen.«

Marescal war wieder einem Wutanfall nahe.

Raoul beruhigte ihn lächelnd:

»Reg dich nicht auf! Die Briefe gebe ich nicht her – an denen habe ich noch monatelang Spaß. Aber ...«

»Was?«

»Aber ich wünsche, dass du die Waffe streckst, Marescal. Ich verlange unbedingte Ruhe für Aurelie und für Brégeac, sogar für Jodot und Ancivel; die nehme ich auf mich. Die ganze Angelegenheit ruht ausschließlich in deinen Händen. Direkte Beweise liegen nicht vor, ebensowenig Indizien. Du kannst sie also ruhig aufgeben, ich werde sie schon in Ordnung bringen.«

»Und du gibst mir die Briefe wieder?«

»Nein, die behalte ich als Pfand. Sobald du nicht stillhältst, veröffentliche ich einen oder den anderen.«

Marescal sagte:

»Man hat mich verraten!«

»Kann schon sein.«

»Gewiss. *Sie* hat mich verraten. Ich hatte schon seit einiger Zeit das Gefühl, dass sie mich aushorcht. Durch sie also hast du ihren Mann beeinflussen und dich mir empfehlen lassen, damit du tun konntest, was du wolltest!«

»Was willst du?« sagte Raoul heiter, »Krieg ist Krieg. Nachdem du mich am Werk gesehen hattest, hättest du eben vorsichtiger sein sollen.«

Er schüttelte ihn an den Schultern.

»Marescal, lass den Kopf nicht hängen! Du hast die Partie verloren. Sei's drum! Aber du hast Brégeacs Demission in der Tasche, du rückst an seine Stelle – das ist schon ein großer Schritt vorwärts. Die schönen Tage kehren wieder. Aber hüte dich vor den Frauen! Nutze sie nicht aus, um es in deinem Berufe weiterzubringen. Und nutze deinen Beruf nicht aus, um es bei ihnen weiterzubringen. Sei verliebt, wenn es dir Spaß macht, aber sei kein verliebter Polizeibeamter und kein polizeidienstlich Verliebter. Und meide möglichst den guten Arsène Lupin – er hat noch keinem Kriminalisten Glück gebracht. So – nun gib deine Befehle. Und adieu.«

Marescal kämpfte einen schweren Kampf mit sich selbst. Aber er kämpfte nicht lange. Er war zu klug, um nicht einzusehen, dass im Augenblick jeder Widerstand nutzlos war. Er gehorchte, weil er nicht anders konnte. Er rief Philippe zurück und unterhielt sich mit ihm. Dann ging Philippe fort und nahm alle Leute mit, sogar Tony und Labonce. Die Tür zur Diele wurde geöffnet und wieder geschlossen. Marescal hatte die Schlacht verloren.

Raoul näherte sich Aurelie.

»Alles ist in Ordnung, gnädiges Fräulein, wir brauchen nur noch abzureisen. Ihre Handtasche steht unten, nicht wahr?«

Sie flüsterte, als erwache sie aus einem Traum:

»Wie ... ist es ... denn ... nur möglich? ...«

»Ach«, sagte er heiter, »von Marescal kann man in Güte haben, was man will. Ein Prachtkerl! Geben Sie ihm getrost die Hand!«

Aurelie gab ihm nicht die Hand; sie ging an ihm vorüber. Marescal drehte ihr übrigens den Rücken zu: er hatte die Ellbogen auf den Kamin gestützt und sein Gesicht in den Händen verborgen.

Sie zögerte, als sie sich Brégeac näherte. Aber er schien gleichgültig und hatte ein sonderbares Aussehen, an das Raoul später noch oft denken musste.

»Noch ein Wort«, sagte Raoul und blieb auf der Schwelle stehen. »Ich verpflichte mich vor Marescal und Ihrem Stiefvater, Sie an einen friedlichen und ruhigen Ort zu bringen, wo Sie einen Monat lang niemand zu Gesicht bekommen werden. Nach dieser Frist werde ich Sie fragen kommen, wie Sie Ihr Leben weiter einzurichten gedenken. Einverstanden?«

»Jawohl«, sagte sie.

»Dann können wir gehen.«

Und sie gingen. Auf der Treppe musste er sie stützen.

»Mein Wagen wartet hier in der Nähe. Fühlen Sie sich kräftig genug, um die Nacht durchzufahren?«

»Ja«, sagte sie. »Ich bin ja so froh, dass ich frei bin! ...«

Als sie das Haus verließen, zuckte Raoul zusammen: im oberen Stockwerk war ein Schuss gefallen. Aurelie hatte nichts gehört. Raoul sagte:

»Hier rechts steht das Auto ... man kann es von hier sehen ... Eine Dame wartet darin – ich habe Ihnen schon von ihr erzählt. Meine alte Amme. Gehen Sie zu ihr, bitte. Ich muss noch einmal zurück. Ich bin aber gleich wieder da.«

Aurelie ging auf den Wagen zu, während Raoul eiligst nach oben stürmte.

Im Zimmer lag Brégeac auf dem Sofa im Sterben; er hielt noch die Waffe in der Hand. Marescal und der Diener waren um ihn bemüht. Ein Strom von Blut floss ihm aus dem Munde. Ein letztes, schwaches Aufbäumen, dann bewegte er sich nicht mehr.

»Das hätte ich mir denken können«, brummte Raoul. »Sein Zusammenbruch, Aurelies Abreise ... armer Teufel, er hat seine Schuld bezahlt ...«

Dann sagte er zu Marescal:

»Sieh zu, wie du mit dem Diener zurechtkommst! Telefoniere nach einem Arzt, und kein Wort von Selbstmord! Ein Blutsturz ... Aurelie darf im Augenblick nichts erfahren ... Sag', sie sei in der Provinz bei einer Freundin, um sich zu erholen.«

Marescal packte ihn beim Gelenk.

»Wer bist du? Lupin, nicht wahr?«

»Bravo!« sagte Raoul, »die berufsmäßige Neugier siegt doch!«

Er stellte sich dem Kommissar gegenüber, zeigte sich auch im Profil und sagte:

»Du hast gute Augen!«

Er eilte hinunter. Aurelie hatte sich zu der alten Dame in eine bequeme Limousine gesetzt. Raoul warf einen Blick auf die Straße und fragte leise:

»Hast du niemanden um den Wagen schleichen sehen?«

»Nein.«

»Bestimmt? Einen ziemlich dicken Mann mit einem anderen, der einen Arm in der Binde trägt?«

»Doch! Ja, die habe ich gesehen; sie gingen auf dem Bürgersteig auf und ab, aber weiter unten.«

Er lief fort und erreichte in einem kleinen Durchgang an der Kirche Saint-Philippe du Roule zwei Individuen, von denen eins den Arm in der Binde trug.

»Hallo! ... Wir kennen uns doch! ... Wie geht es, Jodot? Und dir, Guillaume Ancivel?«

Sie drehten sich um. Jodot war in bürgerlicher Kleidung; sein mächtiger Körper trug einen Bullenbeißerkopf. Er war nicht im geringsten überrascht.

»Ach, der Herr aus Nizza! Ich sagte eben, sicherlich seien Sie der Begleiter der Kleinen!«

»Ich bin auch der Herr aus Toulouse«, sagte Raoul zu Guillaume. Und er fuhr fort:

»Was macht ihr denn hier, Jungens? Man überwacht Brégeacs Haus, was?«

»Seit zwei Stunden«, sagte Jodot kaltblütig. »Marescals Ankunft, die Manöver der Polizei, Aurelies Abreise – wir haben alles gesehen.«

»Und?«

»Ich nehme an, dass Sie auf dem laufenden sind: Sie werden ein wenig im Trüben gefischt haben! Aurelie reist mit Ihnen – oben setzen sich Marescal und Brégeac auseinander. Brégeac muss den Abschied nehmen ... Verhaftung ...«

»Brégeac hat sich eben erschossen.«

Jodot zuckte zusammen.

»Was? ... Brégeac ist tot?«

Raoul zog beide in den Schatten der Kirche.

»Hört mich einmal an. Ich habe euch verboten, euch in diese Angelegenheit zu mischen. Jodot, du hast den alten d'Asteux ermordet, du hast Miss Bakefield auf dem Gewissen und bist auch schuld am Tode der beiden Loubeaux, deiner Freunde, Teilhaber und Komplizen. Soll ich dich Marescal ausliefern? ... Und du, Guillaume, du solltest eigentlich wissen, dass mir deine Mutter alle ihre Geheimnisse gegen einen hohen Betrag verkauft hat, unter der Bedingung, dass ich dich ungeschoren lasse. Das habe ich für die Vergangenheit zugesagt. Soll ich dir auch den anderen Arm brechen und dich ebenfalls Marescal ausliefern?«

Guillaume ließ sich einschüchtern, aber Jodot gab nicht klein bei.

»Kurz: du willst den Schatz für dich behalten, nicht wahr?«

Raoul zuckte die Achseln.

»Glaubst du denn an den Schatz?«

»Genau wie du. Ich arbeite seit nahezu zwanzig Jahren an der Sache und habe keine Lust, ihn mir von dir wegschnappen zu lassen!«

»Wegschnappen! Da müsstest du ja erst einmal wissen, wo er ist und was er ist!«

»Ich weiß gar nichts … und du auch nicht; auch Brégeac wusste nichts. Die Kleine weiß, und deswegen ...«

»Sollen wir teilen?« lachte Raoul.

»Gar nicht nötig. Ich kann mir meinen Teil allein nehmen, und der Teil wird nicht zu klein ausfallen. Wer mich daran hindern will, soll sich in acht nehmen. Ich habe mehr Trümpfe in den Händen, als man glaubt. Guten Abend, ich habe Sie gewarnt!«

Raoul sah ihnen nach. Der Zwischenfall verstimmte ihn …

Am nächsten Tage erwachte Aurelie gegen Mittag in einem hellen Zimmer, aus dem sie über Gärten und Wiesen hinweg die dunkle und majestätische Kathedrale von Clermont-Ferrand sehen konnte. Ein altes Pensionat, das man in ein Sanatorium umgebaut hatte, bot ihr Schutz und sorgte für die Wiederherstellung ihrer Gesundheit.

Sie verbrachte dort friedliche Wochen; sie sprach mit niemandem, außer mit Raouls alter Amme; sie ging im Park spazieren und erholte sich.

Raoul besuchte sie nicht ein einziges Mal. Sie fand in ihrem Zimmer Blumen und Früchte, die die Amme für sie hineinstellte. Ebenso Bücher und Zeitschriften. Raoul verbarg sich an den gewundenen Wegen und war glücklich über Aurelies Wiederaufblühen. Er sah an ihren Bewegungen, an ihrem ganzen Benehmen, dass die Schatten der Vergangenheit einer glücklicheren Gegenwart Platz gemacht hatten.

Am zwanzigsten Tage schlug ihr Raoul für einen Tag der kommenden Woche einen Ausflug im Auto vor; er schrieb gleichzeitig, dass er ihr wichtige Mitteilungen zu machen habe.

Ohne zu zögern, ließ sie ihm sagen, dass sie einverstanden sei. An dem betreffenden Morgen machte sie sich auf den Weg; nachdem sie einige kleine Felsenpfade hinter sich hatte, kam sie auf die Landstraße, wo Raoul sie erwartete. Als sie ihn sah, blieb sie stehen; sie war plötzlich verwirrt und unruhig, wie eine Frau, die sich in einer feierlichen Minute fragt, wohin sie geht und was aus ihr werden soll. Er näherte sich ihr und machte ihr ein Zeichen, sie möge schweigen. Er wollte sagen, was gesagt werden musste.

»Ich wusste, dass Sie kommen würden. Wir müssen uns wiedersehen, denn noch ist das tragische Abenteuer nicht zu Ende. Gewisse Dinge harren noch der Lösung. Aber Sie brauchen sich darum nicht zu kümmern. Sie haben die Angelegenheit in meine Hände gelegt, und ich werde sie zu Ende führen. Sie brauchen auch keine Angst zu haben. Nicht wahr, was auch kommen mag, wird mit einem Lächeln aufgenommen werden?«

Er reichte ihr die Hand. Sie überließ ihm ihre Hand. Sie hätte wohl sprechen und ihm danken wollen ... aber sie schwieg. Sie machten sich auf den Weg und ließen das Thermalbad und das alte Dorf Royet bald hinter sich.

Die Uhr an der Kirche zeigte auf halb neun. Man schrieb Samstag, den fünfzehnten August. Die Berge hoben sich von einem sehr hellen Himmel ab.

Sie sprachen kein Wort. Aber er fühlte, dass die Erinnerung an ihre erste Begegnung verschwunden sei, dass sie ihm freundschaftlich und dankbar gesinnt sei.

Das Auto war etwa eine Stunde unterwegs. Sie fuhren um den Puy de Dôme herum und schlugen einen ziemlich engen Weg ein, der nach Süden führte. Er ging in Windungen bergan und fiel dann wieder in grüne Täler und dunkle Wälder ab.

Dann wurde der Weg wieder enger, führte in eine verlassene und ausgetrocknete Gegend und fiel dann steil ab. Er war mit großen, ungleichen Lavastücken gepflastert.

»Eine alte römische Heerstraße«, sagte Raoul. »Es gibt kaum eine Gegend in Frankreich, wo man nicht solche Spuren, irgendeinen Weg aus Cäsars Zeiten findet.«

Sie antwortete nicht. Sie schien plötzlich nachdenklich und zerstreut zu sein.

Die alte römische Heerstraße schien nur noch ein Ziegenpfad zu sein. Der Anstieg war mühselig. Man gelangte auf ein kleines Plateau mit einem kleinen, fast ganz verlassenen Dorf, dessen Name Aurelie auf einem Pfahl lesen konnte: Juvains. Dann kam ein Wald, dann eine grüne Ebene, die einen lieblichen Anblick bot. Dann stieg die alte römische Heerstraße zwischen dichten Hecken wieder steil bergan. Am Ende dieser Leiter hielten sie an. Aurelie hatte sich immer mehr vertieft. Raoul beobachtete sie aufmerksam.

Als sie die stufenweise gelegten Blöcke hinaufgeklettert waren, gelangten sie auf einen Streifen runden Landes, das mit Pflanzen und Gras bewachsen war. Ringsherum ging eine Mauer, die sich auch nach rechts und links fortsetzte. Der Zement, der die Sandsteine zusammenhielt, hatte allen Unwettern widerstanden. Die Mauer hatte eine Tür. Raoul hatte den Schlüssel dazu. Er schloss auf. Man musste immer noch bergan steigen. Als sie den höchsten Punkt dieser Erdaufschüttung erreicht hatten, sahen sie einen See, der unbeweglich wie Eis in einem Rahmen regelmäßiger Felsen vor ihnen lag.

Zum ersten Male stellte Aurelie eine Frage, in der sich ihre Gedankenarbeit verriet.

»Darf ich fragen, ob Sie einen bestimmten Grund hatten, mich gerade hierherzuführen? Oder ist es Zufall? ...«

»Der Anblick ist vielleicht nicht sehr erfreulich«, antwortete Raoul ausweichend, »aber in der Herbheit der Landschaft liegt eine wilde Melancholie, die Charakter hat. Touristen kommen niemals hierher, hat man mir gesagt. Aber man rudert, wie Sie sehen können ...«

Er führte sie zu einem alten Boot, das mit einer Kette an einem Pfahl befestigt war. Sie nahm darin Platz, ohne ein Wort zu sagen. Er nahm die Ruder, und sie glitten dahin.

Das schiefergraue Wasser spiegelte den blauen Himmel nicht wider; eher schienen sich unsichtbare Wolken darin zu spiegeln. An den Enden der Ruder funkelten Tropfen, die schwer wie Quecksilber schienen, und man wunderte sich, dass das Boot in diesem gleichsam metallischen Wasser überhaupt vorwärtskam.

Aurelie tauchte die Hand ins Wasser, musste sie aber sofort zurückziehen, so kalt und unangenehm war die Berührung.

»Oh«, seufzte sie.

»Was? Was haben Sie denn?« fragte Raoul.

»Nichts ... das heißt, ich weiß nicht ...«

»Sie sind unruhig ... erschüttert ...«

»Erschüttert, ja ... ich bin Eindrücken ausgeliefert, die mich in Erstaunen setzen ... die mich außer Fassung bringen. Es kommt mir vor, als sei ich ein anderer Mensch ... und als seien nicht Sie hier ... Verstehen Sie?«

»Ich verstehe«, sagte er lächelnd.

Sie murmelte:

»Meine Empfindungen tun mir weh ...«

Die Klippen in der Runde, auf denen oben hier und da die Mauer zu sehen war, liefen allmählich in eine Ausbuchtung aus; von dort aus ging es in einem engen Kanal weiter, der durch seine hohen Mauern den Sonnenstrahlen entzogen war. Sie fuhren hinein. Die Felsen waren noch schwärzer und noch trauriger. Aurelie betrachtete sie mit Entsetzen und sah sich die Gestalten an, die sie bildeten: liegende Hunde, Kamine, riesengroße Statuen und ungeheure Röhren …

Und als sie sich etwa in der Mitte dieses fantastischen Korridors befanden, schlug ihnen wie ein Windstoß ein Gewirr von fernen und undeutlichen Geräuschen entgegen, die auf dem gleichen Wege wie sie aus der Gegend kamen, die sie vor einer Stunde passiert hatten.

Glocken läuteten, leichte Glocken, Lieder aus Erz, heiter und froh, ein ganzes Rauschen göttlicher Musik, in das sich das tiefe Summen einer Kathedrale mischte.

Das junge Mädchen war einer Ohnmacht nahe. Jetzt verstand auch sie die Ursache ihrer Verwirrung. Die Stimmen der Vergangenheit – jener Vergangenheit, die sie doch niemals hatte vergessen wollen – klangen in ihr und um sie. Der Klang sprang von einem Felsen zum anderen, glitt über die harte Oberfläche des Wassers, stieg empor zum blauen Himmel und fiel wie Pulver in den Abgrund zurück, um schließlich in tausend Echos zum Ausgang des Kanals zu eilen, an dem das helle Tageslicht aufflammte …

Fassungslos ihren Erinnerungen ausgeliefert, versuchte Aurelie zu kämpfen und dem Ansturm der Gefühle zu widerstehen. Aber sie hatte keine Kraft mehr. Das Wunder machte sie sprachlos. Sie hatte das Geheimnis eifersüchtig bewahrt, sie hatte die spärlichen Erinnerungen niemandem verraten und durfte sie erst dem Manne anvertrauen, dem ihr Herz gehörte. Und nun fühlte sie sich diesem sonderbaren Manne gegenüber so schwach …

»Ich habe mich nicht getäuscht, hier ist es, nicht wahr?« sagte Raoul.

»Ja, hier ist es«, hauchte Aurelie. »Schon während der Fahrt war mir, als hätte ich alle Dinge schon einmal gesehen … den

Weg ... die Bäume ... den Weg mit Lavabrocken ... den See ... die Felsen und auch die Farbe des Wassers hier ... vor allem hatte ich die Glocken so läuten hören ... Es sind die Glocken meiner Kindheit ... Und damals verließen wir auch den dunklen Kanal, um wieder ins Sonnenlicht zu gelangen ...«

Sie hatte den Kopf gehoben und sah um sich. Ein zweiter, kleinerer, aber desto eindrucksvollerer See öffnete sich vor ihnen. Seine Einsamkeit war noch herber und wilder.

Eine nach der anderen standen die Erinnerungen wieder auf. Sie zählte sie alle auf und sagte sie Raoul:

»Meine Mutter saß, wo Sie sitzen, und mein Großvater gegenüber ... ich erkenne jeden Baum und jeden Felsen ... Der See scheint kein Ende zu haben, dann aber kommt ein kleiner Strand ... mit einem Wasserfall zur Rechten ... links ebenfalls ... Und dann kommt eine Grotte ... und am Eingang dieser Grotte ...«

»Am Eingang dieser Grotte? ...«

»Wartete ein Mann auf uns ... ein seltsamer Mann mit einem langen grauen Bart, der eine kastanienbraune Bluse trug ... Man konnte ihn schon von hier aus sehen ... sieht man ihn?«

»Ich war auch der Meinung, dass wir ihn sehen würden«, sagte Raoul, »und ich bin sehr erstaunt. Es ist fast zwölf Uhr, und wir hatten uns um diese Stunde verabredet ...«

Sie landeten an dem kleinen Strande, auf dem die Sandkörner funkelten wie Glimmer. Die Felsen rechts und links bildeten einen spitzen Winkel. Nach vorn zu lief er so aus, dass er ein kleines Dach bildete.

Unter diesem Dache stand ein kleiner Tisch mit einer Decke, Tellern, etwas Milch und Früchten.

Auf einem Teller lag eine Visitenkarte mit folgenden Zeilen:

»Marquis de Talençay, ein Freund Ihres Großvaters d'Asteux, heißt Sie, liebe Aurelie, herzlichst willkommen. Er bedauert, Sie nicht empfangen und Ihnen erst im Laufe des Tages seine Aufwartung machen zu können.«

»Hat er denn meine Ankunft erwartet?«

»Gewiss«, sagte Raoul. »Wir haben vor vier Tagen lange miteinander gesprochen, und es war verabredet, dass ich Sie heute gegen Mittag hierherbringen sollte.«

Sie sah um sich. Eine Staffelei lehnte an der Wand; daneben standen in einer Art Verschlag zahlreiche Kartons, Malkästen und einige alte Kleidungsstücke lagen dazwischen. Quer über der Ecke hing eine Hängematte. Im Hintergrunde bildeten zwei große Steine einen Herd.

»Wohnt er denn hier?« fragte Aurelie.

»Oft, besonders in dieser Jahreszeit. Die übrige Zeit wohnt er in Juvains, wo ich ihn entdeckt habe. Aber auch dann kommt er jeden Tag hierher. Wie Ihr Großvater, ist er ein Original, sehr gebildet, sehr künstlerisch, obwohl er schlechte Bilder malt. Er lebt allein, ein wenig wie ein Eremit; er geht auf Jagd, beschneidet und pfropft seine Bäume, überwacht die Hirten seiner Herden und ernährt alle Armen hier im Umkreis, denn zwei Meilen in der Runde gehört ihm fast alles Land. Und er wartet seit fünfzehn Jahren auf Sie, Aurelie.«

»Oder sagen wir: auf meine Großjährigkeit.«

»Ganz recht, weil er es so mit seinem Freunde d'Asteux verabredet hatte. Ich habe ihn gefragt, aber er will nur Ihnen Auskunft geben. Ich habe ihm alles erzählen müssen, alles, was sich in den letzten Monaten abgespielt hat, und als ich ihm versprach, Sie hierherzubringen, hat er mir den Schlüssel zu seinem Besitz gegeben. Seine Freude, Sie wiederzusehen, ist unendlich.«

»Warum ist er dann nicht gekommen?«

Die Abwesenheit des Marquis de Talençay überraschte Raoul immer mehr, obwohl er keine besondere Veranlassung hatte, dieser Tatsache irgendwelche Bedeutung beizumessen. Da er das junge Mädchen jedoch nicht beunruhigen wollte, so entwickelte er während der Mahlzeit, die sie in so sonderbarer Umgebung einnahmen, seine ganze Unterhaltungsgabe. Da er peinlich vermied, zu viel Zärtlichkeit zu zeigen, fühlte sie sich immer sicherer in seiner Nähe.

Sie murmelte:

»Ich möchte Ihnen so gern danken. Wenn ich nur wüsste, wie ... Ich kann Ihnen meine Schuld gar nicht abtragen ...«

Er antwortete:

»Lächeln Sie, mein Fräulein mit den grünen Augen, und sehen Sie mich an.«

Sie lächelte und sah ihn an.

»Jetzt sind wir quitt!«

Um dreiviertel drei begannen die Glocken wieder zu läuten, und das tiefe Summen der Kathedrale brach sich an den spitzen Felsen.

»Durchaus logisch; das Phänomen ist auch der ganzen Gegend bekannt. Kommt der Wind aus Nordosten, das heißt, von Clermont-Ferrand her, so bedingt die akustische Disposition der Gegend, dass ein großer Luftstrom alle Geräusche zwangsweise einen Weg führt, der durch die schmalen Felskanäle geht und auf der Oberfläche des Sees endet. Es ist mathematisch. Die Glocken aller Kirchen und das tiefe Summen der Kathedrale von Clermont-Ferrand – sie alle kommen hierher, um ihr Lied zu singen, wie sie es jetzt gerade tun ...«

Sie hob den Kopf.

»Nein«, sagte sie, »das stimmt nicht. Ihre Erklärung überzeugt mich nicht.«

»Haben Sie eine andere?«

»Die wahre Erklärung.«

»Und das wäre?«

»Ich bin fest davon überzeugt, dass Sie den Klang der Glocken hierhergeleitet haben, um mir alle meine Kindheitserinnerungen wiederzugeben.«

»Kann ich denn alles?«

»Ja, Sie können wirklich alles!«

»Ich sehe auch alles«, scherzte Raoul. »Vor fünfzehn Jahren haben Sie hier an der gleichen Stelle geschlafen.«

»Was meinen Sie damit?«

»Dass Sie müde Augen haben, denn Ihr Leben von vor fünfzehn Jahren beginnt von neuem.«

Sie gab nach und legte sich in die Hängematte.

Raoul blieb einen Augenblick am Eingang der Grotte stehen. Dann sah er nach der Uhr und machte eine Bewegung, die deutlich seinen Ärger verriet. Es war ein Viertel nach drei: der Marquis de Talençay war immer noch nicht da.

Er kehrte in die Grotte zurück und sah nach Aurelie. Dann trieb ihn die Unruhe wieder hinaus. Er ging an den Strand und sah, dass das Boot, das er mit dem Vorderteil auf den Strand gezogen hatte, wieder ins Wasser geglitten war. Er zog es mit einer Stange wieder heran und machte eine zweite Feststellung: das Boot, das während der Überfahrt wenige Zentimeter Wasser gezogen hatte, stand jetzt in einer Höhe von dreißig bis vierzig Zentimeter voller Wasser.

»Ein Wunder, dass wir nicht gesunken sind!«

Er sah nach. Und er entdeckte, dass eine Planke besonders durchlässig war, eine morsche Planke, die nicht etwa abgenutzt war, sondern sich von den anderen deutlich unterschied, *denn sie war neuerdings eingefügt worden und nur mit vier losen Nägeln angenagelt.*

Wer hatte das getan? Raoul dachte zunächst an den Marquis de Talençay. Wozu hätte der Greis das tun sollen? Welche Veranlassung sollte er haben, eine Katastrophe gerade in dem Augenblick herbeizuführen, in dem die Enkelin seines alten Freundes d'Asteux ihm zugeführt werden sollte?

Trotzdem drängte sich eine Frage auf: wie kam Talençay her, wenn er kein Boot zur Verfügung hatte? Wie wollte er denn kommen? Es gab also einen Landweg, der hier an den Klippen endete?

Raoul suchte. Links war kein Durchkommen: die beiden Wasserfälle verstärkten die Mauer aus Granit. Aber rechts, unmittelbar bevor die Felsen in den See stießen, waren etwa zwanzig Stufen in den Felsen geschlagen: sie führten zu einem kleinen Pfade oder vielmehr zu einem natürlichen Rande, der bisweilen so eng war, dass man sich stellenweise an den Felsvorsprüngen festhalten musste.

Raoul machte einen Vorstoß in dieser Richtung. In Abständen waren eiserne Haken eingeschlagen, deren man sich bediente, um nicht ins Leere zu stürzen. So erreichte er unter großen Anstrengungen das Plateau; von dort aus führte der Pfad um den See herum und verlief in der Richtung auf den Engpass. Grüne Wiesen, die durch felsige Anhöhen unterbrochen waren, erstreckten sich ringsum. Zwei Hirten trieben ihre Herden vor sich her und auf die große Mauer zu, die den Besitz abgrenzte. Die hohe Gestalt des Marquis de Talençay war nirgends zu sehen.

Raoul kam nach einer Stunde zurück. Er bemerkte zu seinem Unbehagen, dass während dieser Stunde das Wasser gestiegen war und die untersten Stufen bedeckte.

»Sonderbar«, sagte er besorgt.

Aurelie hatte ihn wohl gehört. Sie kam ihm entgegengelaufen und sah ihn erstaunt an.

»Was gibt es?« fragte Raoul.

»Das Wasser ... wie hoch das Wasser steht! ... Vorhin war es doch niedriger, nicht wahr?«

»Allerdings.«

»Wie erklären Sie sich das?«

»Genau so natürlich wie die Glocken.«

Und er versuchte zu scherzen:

»Der See hat Gezeiten: Ebbe und Flut ...«

»Wann wird das Wasser denn aufhören, zu steigen?«

»In ein oder zwei Stunden.«

»Das heißt: das Wasser wird die Grotte bis fast zur Hälfte füllen?«

»Ganz recht. Manchmal füllt es die Grotte sogar ganz; das können wir hier an der schwarzen Marke sehen, die zweifellos einen Höchststand bezeichnet.«

Raoul verstummte. Denn über dieser Marke befand sich noch eine andere fast in Höhe der Decke. Was bedeutete diese Marke? Sollte das Wasser bisweilen bis dahin reichen? Wie konnte das nur geschehen?

Er wies alle fantastischen Vermutungen von sich. Unwillkürlich drängten sich ihm andere Gedankengänge auf. Vor allem die unerklärliche Abwesenheit des Marquis. Er überlegte die Zusammenhänge, die zwischen dieser Abwesenheit und einer plötzlich geahnten Gefahr, die er noch nicht ganz erkannte, bestehen könnten. Er dachte an das zerstörte Boot.

»Was haben Sie?« fragte Aurelie. »Sie sind zerstreut?«

»Ich glaube allmählich, dass wir unsere Zeit hier verlieren! Da der Freund Ihres Großvaters nicht kommt, so gehen wir ihm entgegen! Die Zusammenkunft kann ebenso gut in seinem Hause in Juvains stattfinden.«

»Aber wie sollen wir denn zurückkommen? Das Boot scheint nicht mehr gebrauchsfähig zu sein ...«

»Hier rechts ist ein Weg, für eine Frau ziemlich schwierig, aber immerhin gangbar. Sie müssen meine Hilfe annehmen und sich tragen lassen.«

»Warum soll ich denn nicht auch gehen?«

»Weil Sie dann auch ganz nass werden. So brauche ich nur allein durch das Wasser zu gehen.«

Er hatte diesen Vorschlag ohne jeden Hintergedanken gemacht. Da sah er, wie sie rot wurde. Der Gedanke, von ihm getragen zu werden – wie damals auf dem Wege von Beaucourt – musste ihr unerträglich sein.

Beide schwiegen verlegen.

Dann tauchte sie die Hand ins Wasser und sagte:

»Nein ... nein ... ich kann dies eiskalte Wasser nicht vertragen ... niemals ...«

Sie gingen zurück. Eine Viertelstunde verging, die Raoul sehr lang vorkam.

»Ich bitte Sie«, sagte er, »gehen wir. Unsere Lage wird gefährlich.«

Aurelie gehorchte, und sie verließen die Grotte. Aber im Augenblick, da sie ihre Arme um seinen Hals legte, pfiff etwas an ihnen vorbei und schlug Splitter vom Felsen. In der Ferne hörte man eine Detonation.

Raoul ließ Aurelie zu Boden gleiten. Eine zweite Kugel pfiff an ihren Köpfen vorbei und streifte den Felsen. Mit einer Bewegung drängte Raoul sie wieder in die schützende Grotte und raste davon, als wolle er gegen etwas Sturm laufen.

»Raoul! Raoul! Ich verbiete Ihnen ... Man wird Sie erschießen! ...«

Er musste sie mit Gewalt in das Innere der Grotte führen, aber sie ließ ihn nicht los und klammerte sich an ihn.

»Ich bitte Sie ... bleiben Sie!«

»Unmöglich! Es muss etwas geschehen!«

»Ich will nicht ... ich will nicht ...«

Sie hielt ihn mit zitternden Händen fest; eben hatte sie noch Angst gehabt, sich von ihm tragen zu lassen – jetzt hielt sie ihn mit unwiderstehlicher Energie eng an sich gedrückt.

»Fürchten Sie nichts«, sagte er sanft.

»Ich fürchte nichts«, sagte sie ganz leise, »aber wir müssen zusammen bleiben ... Uns beiden droht die gleiche Gefahr. Wir wollen einander nicht verlassen.«

»Ich verlasse Sie nicht«, versprach Raoul, »Sie haben recht ...«

Er steckte nur den Kopf hinaus, um den Horizont abzusuchen. Schon schlug eine dritte Kugel über seinem Kopf in die Wand.

Sie wurden also regelrecht belagert; sie waren zur Unbeweglichkeit verurteilt. Zwei Schützen mit weittragenden Gewehren verhinderten jeden Versuch, ins Freie zu gelangen. Raoul hatte nach zwei kleinen Rauchwolken die Stellung dieser beiden Schützen erkennen können. Sie standen ziemlich nahe beieinander auf dem rechten Ufer oberhalb des Engpasses, das heißt, in einer Entfernung von etwa zweihundert Metern. Von dort aus beherrschten sie fast den ganzen See der Länge nach, den kleinen Strand und konnten bis in das Innere der Grotte reichen. Nur wenn man rechts in eine kleine Ausbuchtung sich drängte, war man ihren Schüssen entzogen, und ganz hinten.

Raoul versuchte zu lachen:

»Das ist ja lustig!«

Seine Heiterkeit schien so aufrichtig, dass Aurelie sich beruhigte. Raoul fuhr fort:

»Wir sind also regelrecht abgeschnitten, nicht wahr? Bei der geringsten Bewegung können wir getroffen werden. Wir müssen uns in einem Mauseloch verkriechen. Fein ausgeklügelt, nicht wahr?«

»Von wem?«

»Ich habe sofort an den alten Marquis gedacht. Aber er ist es nicht, er kann es nicht sein ...«

»Was ist dann aus ihm geworden?«

»Er ist sicherlich gefangen. Er wird in irgendeine Falle gegangen sein, die die gleichen Leute gelegt haben, die uns jetzt belagern.«

»Und wer ist das?«

»Zwei unerbittliche Feinde, von denen wir nicht die geringste Nachsicht zu erwarten haben: Jodot und Guillaume Ancivel.«

Er betonte diese Gefahr besonders, um Aurelie von der wirklichen, viel entsetzlicheren Gefahr abzulenken. Jodot und Guillaume, die Schüsse, das fürchtete er alles nicht; viel schlimmer war das Steigen des Wassers, das die Banditen zu ihrem unüberwindlichen Verbündeten gemacht hatten.

»Wozu dieser Hinterhalt?«

»Es handelt sich um den Schatz«, sagte Raoul, der sich mit seinen Erklärungen selbst Gewissheit verschaffen wollte. »Marescal ist unschädlich gemacht, aber ich habe mich keiner Täuschung darüber hingegeben, dass eines Tages auch mit Jodot und Guillaume Schluss gemacht werden muss. Sie sind mir zuvorgekommen. Sie haben auf irgendeine Weise den Freund Ihres Großvaters überfallen und eingesperrt, haben ihm die Papiere und Dokumente gestohlen, die er Ihnen übergeben wollte, und sich seit heute Morgen bereitgehalten. Wenn sie uns nicht bereits bei unserer Überfahrt mit Schüssen empfangen haben, so liegt es daran, dass Hirten sich auf dem Plateau gezeigt hatten. Sie hatten ja auch gar keine Eile. Wir mussten hier auf Talençay warten, zumal wir seine Visitenkarte mit einigen Zeilen hier vorfanden, die natürlich von einem der Banditen geschrieben worden sind. Sie haben die Schleusen geschlossen, das Niveau des Sees stieg, ohne dass wir es vor vier oder fünf Uhr hätten bemerken können. Und um diese Zeit sind die Hirten längst heimgekehrt; der See ist verlassen und bietet das herrlichste Schussfeld. Das Boot ist gesunken, und da die Kugeln uns das Verlassen der Grotte verbieten, war jede Flucht unmöglich gemacht!«

All das sagte Raoul im leichten Plauderton, wie ein Mann, der sich über einen Scherz, den man sich mit ihm erlaubt, noch lustig macht. Aurelie hätte fast gelacht.

Er zündete sich eine Zigarette an und streckte das brennende Zündholz hinaus.

Man hörte zwei Detonationen. Unmittelbar darauf eine dritte und vierte. Aber die Schüsse trafen nicht.

Das Wasser stieg unheimlich schnell.

Der Strand bildete einen kleinen Teich; das Wasser war jedoch bereits bis an sein äußerstes Ende gestiegen und warf leichte Wogen über ebenem Boden. Jetzt war der Eingang zur Grotte erreicht.

»Auf den beiden Herdsteinen sind wir am sichersten.«

Sie kletterten hinauf. Raoul half Aurelie in die Hängematte. Dann rannte er an den Tisch, raffte in einer Serviette die Überreste ihrer Mahlzeit zusammen und legte sie auf das Zeichenbrett. Hinter ihm schlugen Kugeln ein.

»Zu spät«, sagte Raoul. »Jetzt haben wir nichts mehr zu befürchten. Etwas Geduld, und wir sind frei. Mein Plan? Wir müssen uns ausruhen und zu Kräften kommen. Inzwischen wird es Nacht. Dann nehme ich Sie auf meine Schultern und trage Sie über den Klippenweg. Die Stärke unserer Gegner beruht darauf, dass es hell ist. Sobald es dunkel ist, sind wir gerettet.«

»Gewiss«, sagte Aurelie, »aber in der Zwischenzeit steigt das Wasser, und in frühestens einer Stunde ist es dunkel genug.«

»Was macht das? Statt eines Fußbades werde ich eben ein Halbbad nehmen müssen.«

Das klang sehr einfach. Aber Raoul kannte die Schwächen seines Planes nur zu gut. Zunächst war die Sonne kaum hinter den Bergen verschwunden; das hieß: es blieb noch eine oder anderthalb Stunden hell. Außerdem würden die Gegner allmählich unter dem Schutze der Dämmerung näher kommen – wie wollte er dann den Durchgang erzwingen?

Aurelie war nicht ganz überzeugt. Aber sie hatte schon andere Leistungen von Raoul gesehen, und sagte fast wider Willen:

»Sie werden auch dieses Wunder vollbringen ...«

»Wunder?« lachte Raoul. »Das sind alles keine Wunder? Weil ich Sie hierhergebracht habe, in die Landschaft, die Sie vergeblich gesucht haben, obwohl Sie mir niemals eine Angabe gemacht haben, glauben Sie vielleicht wirklich an irgend etwas Wunderbares ... Ein großer Irrtum. Ich habe lediglich nachgedacht und kombiniert. Auch Jodot und seine Komplizen wussten von der Flasche und hatten die Formel für das ›Verjüngungswasser‹ gelesen. Aber sie haben keine Folgerungen daraus gezogen. Ich hingegen habe festgestellt, dass die Formel genau der Zusammensetzung der Thermalquellen von Royat entsprach, die eine der bedeutendsten der Auvergne ist. Ich entdeckte das Dorf Juvains (lateinisch juventia) und bin auf der richtigen Spur. Während eines Spazierganges schwatze ich mit den Leuten und bringe in Erfahrung, dass der Marquis de Talençay, der allmächtige Gebieter dieses Landstriches, mit unserem Abenteuer zusammenhängt. Ich stelle mich ihm als Ihren Boten vor. Sobald er mir gesagt hatte, dass Sie seinerzeit stets an Mariä Himmelfahrt gekommen seien, das heißt am fünfzehnten August, bereite ich unsere Expedition für den gleichen Tag vor. Der Wind weht aus Norden, wie damals. Und das nennen Sie nun ein Wunder, mein liebes Fräulein mit den grünen Augen!«

Aber seine Worte vermochten die Aufmerksamkeit seiner Gefährtin nicht mehr abzulenken. Sie flüsterte:

»Das Wasser steigt ... das Wasser steigt ... es reicht schon bis an Ihre Füße ...«

Er legte einen Stein auf den anderen. Dann stützte er seinen Ellbogen auf den Rand der Hängematte und sprach mit dem jungen Mädchen immer weiter. Aber während er sie beruhigte, wurden seine Befürchtungen immer größer. Was ging vor? Die Folge der von Jodot und Guillaume bewirkten Veränderungen war klar: das Wasser steigt. Gut. Aber die beiden Banditen hatten sicherlich diese für sie günstigen Umstände bereits vorgefunden. Die Möglichkeit, den Wasserspiegel so stark zu heben, musste schon vor langer Zeit bestanden haben (allerdings nicht, um Leute in der Grotte zu ertränken). Der Schleusenverschluss hatte sicherlich zur Verstärkung einen Abfluss mit unsichtbarem Mechanismus, der den Abfluss des Wassers und auch die Leerung des Sees ermöglichte. Wo war dieser Abfluss? Wo war der Mechanismus zu finden, der das Spiel der Schleusen auslöste?

Raoul gehörte nicht zu den Menschen, die auf den Tod warten. Einen Augenblick dachte er daran, sich auf seine Gegner zu stürzen oder bis zu den Schleusen zu schwimmen. Aber wenn eine Kugel ihn träfe oder das eisige Wasser ihn außer Gefecht setzte – was würde dann aus Aurelie werden?

Aber Aurelie täuschte sich nicht länger über die wirkliche Gefahr, und als hätte die Angst, die ihn erfüllte, sich ihr plötzlich mitgeteilt, sagte sie:

»Ich bitte Sie, geben Sie mir Antwort: nicht wahr, es besteht keine Hoffnung mehr?«

»Aber was denn? Es wird immer dunkler ...«

»Nicht schnell genug ... Und wenn es wirklich dunkel ist, werden wir nicht fort können.«

»Warum?«

»Ich weiß nicht. Aber ich habe das Gefühl, als sei alles zu Ende, und dass Sie es wissen ...«

Er sagte entschlossen:

»Nein, nein! Die Gefahr ist groß, aber noch nicht in unmittelbarer Nähe. Wir können ihr entgehen, wenn wir keinen Augenblick unsere Ruhe verlieren. Sobald ich mir ganz im klaren über alle Zusammenhänge bin, wird sich schon ein Ausweg finden lassen. Nur ...«

»Nur?«

»Sie müssen mir helfen. Ich brauche Ihre Erinnerungen, ich brauche Ihre Erinnerungen! Ja, ich weiß, Sie haben Ihrer Mutter geschworen, sie nur dem Manne anzuvertrauen, den Sie lieben. Aber der Tod ist ein stärkerer Grund als die Liebe, und wenn Sie mich nicht lieben, liebe ich Sie, wie Ihre Mutter sich gewünscht hätte, dass man Sie liebt. Verzeihen Sie, dass ich es Ihnen sage ... Aber es gibt Augenblicke, in denen man nicht schweigen kann. Ich liebe Sie ... ich liebe Sie ... und ich will Sie retten ... Ich liebe Sie ... Sie dürfen nicht länger schweigen – Sie begehen ein Verbrechen gegen sich selbst. Bitte antworten Sie. Einige Worte genügen vielleicht ...«

Sie flüsterte:

»Fragen Sie mich.«

Und er begann:

»Was hat sich ereignet, als Sie damals mit Ihrer Mutter hier waren? Was für Landschaften haben Sie gesehen? Wohin haben Ihr Großvater und sein Freund Sie geführt?«

»Nirgendshin«, sagte sie. »Ich weiß genau, dass ich hier geschlafen habe, und zwar in einer Hängematte, wie heute. Man unterhielt sich. Die beiden Herren rauchten. Das hatte ich vergessen, jetzt erinnere ich mich in aller Deutlichkeit daran. Ich rieche den Tabak und höre, wie man eine Flasche entkorkt. Und dann ... und dann ... schlafe ich nicht mehr ... man gibt mir zu essen ... draußen scheint die Sonne ...«

»Die Sonne?«

»Es muss schon der nächste Morgen sein.«

»Der nächste Morgen? Wissen Sie das genau? Von dieser Einzelheit hängt alles ab.«

»Ja, ich weiß es genau. Ich bin am nächsten Tage hier aufgewacht, und draußen schien die Sonne. Nur ... alles hat sich geändert ... Ich sehe mich noch hier, und doch ist es anderswo ... ich sehe noch die Felsen, aber sie stehen nicht mehr am selben Fleck.«

»Was heißt das? Sie stehen nicht mehr am selben Fleck?«

»Sie werden nicht mehr vom Wasser umspült.«

»Sie werden nicht mehr vom Wasser umspült – aber Sie verließen diese Grotte?«

»Ich verließ diese Grotte. Ja, mein Großvater ging vor uns. Meine Mutter hielt mich an der Hand. Es ist schlüpfrig unter meinen Füßen. Um uns herum stehen Häuser, Ruinen ... und dann wieder die Glocken ... die gleichen Glocken, die ich immer noch höre ...«

»So ist es ... jawohl, so ist es ...«, sagte Raoul leise vor sich hin. »Alles stimmt mit meinen Vermutungen überein ...«

Sie schwiegen ... Das Wasser klatschte mit einem dumpfen Geräusch gegen die Wände. Tisch, Staffelei, Bücher und Stühle schwammen herum.

Er musste sich an das äußerste Ende der Hängematte setzen und sich unter der Granitdecke bücken.

Draußen herrschte Zwielicht. Aber was nützte ihm selbst die tiefste Dunkelheit? Wohin sollte er sich wenden?

Plötzlich fasste Aurelie seine Hand, sah ihm fest in die Augen und sagte:

»Ich liebe Sie ...«

Sie sagte es ganz leise, und ihre grünen Augen blitzten im Halbdunkel. Er hörte, wie ihr Herz schlug.

Sie legte ihm die Arme um den Hals und fuhr sehr zärtlich fort:

»Ich liebe Sie. Sehen Sie, Raoul, das ist mein einziges, großes Geheimnis – das andere interessiert mich nicht. Dieses Geheimnis bedeutet mein ganzes Leben. Ich habe Sie sofort geliebt, ohne Sie zu kennen ... Ich empfand etwas, das ich nicht kannte, und ich hatte Angst ... Floh ich Sie später, Raoul, so geschah es, weil ich Sie liebte, nicht weil ich Sie hasste ... Ich war betäubt von meiner Verwirrung ... Ich wollte Sie nicht mehr sehen, und wünschte mir nichts sehnlicher, als Sie wiederzusehen ...«

Er zog sie an sich. Er hatte niemals an ihrer Liebe gezweifelt und ihr Verhalten niemals missverstanden. Aber er hatte Angst vor dem Glück. Die zärtlichen Worte des jungen Mädchens, ihr naher Atem betäubte ihn. Sein Kampfeswille ließ nach.

Sie spürte seine plötzliche Müdigkeit und zog ihn noch dichter an sich.

»Wir müssen uns in das Unvermeidliche fügen, Raoul. Lass mich dich küssen, vergessen wir unser Schicksal ...«

Sie legte ihren Mund auf seine Lippen, und er vergaß in ihrer Umarmung alle Gefahr. Er machte sich behutsam frei.

»Nein, nein, Aurelie, ich begehe ein Verbrechen, wenn ich tatenlos zusehe, wie die Gefahr immer größer wird ... Ich muss dich retten ... Und ich werde dich retten ... lass mich ... Es muss eine Möglichkeit geben, in einem bestimmten Augenblick das Wasser rasch abzuleiten. Und ich muss diesen Abfluss finden!«

Aurelie hörte nicht auf ihn. Sie stöhnte:

»Bitte ... bleib' bei mir, lass mich nicht allein ...«

»Nein, ich muss fort. Sei tapfer. Und halte zwei Stunden aus ... Das Wasser kann dich vor zwei Stunden nicht erreichen. Und dann bin ich längst zurück. Entweder rette ich dich ... oder wir sterben zusammen ...«

Nach und nach hatte er sich aus ihren Armen frei gemacht. Er neigte sich über sie und sagte:

»Mut, mein Liebes, Mut! Sollte es mir gelingen, einen Ausweg zu finden, so pfeife ich zweimal ... oder ich schieße zweimal ...«

Sie fiel kraftlos zurück.

»Geh, wenn du es willst ...«

»Hast du keine Angst?«

»Nein, denn du willst es nicht.«

Er legte seinen Rock und seine Weste ab und zog sich die Schuhe aus; er warf einen Blick auf das Leuchtzifferblatt seiner Uhr, band sie sich um den Hals und sprang ins Wasser.

Draußen war es stockdunkel. Er hatte keine Waffe bei sich und wusste nicht, wohin er sich wenden sollte ...

Es war acht Uhr ...

Raouls erster Eindruck war entsetzlich. Eine sternenlose, schwere, unerbittliche Nacht, eine dichte Nebelnacht hing über dem unsichtbaren See und den kaum zu unterscheidenden Klippen. Seine Augen waren ebenso überflüssig wie die eines Blinden. Seine Ohren konnten nur die Stille hören. Das Geräusch der Wasserfälle war nicht mehr zu hören: der See hatte sie verschlungen. Den Abfluss suchen? Das kam gar nicht in Frage. Er musste die beiden Banditen finden. Sie hatten sich sicherlich versteckt, denn von einem solchen Gegner mussten sie auf einen Angriff gefasst sein. Aber wo konnte er sie finden?

Am oberen Rande des Strandes ging ihm das eisige Wasser bis zur Brust und tat ihm so weh, dass er es für unmöglich hielt, bis zu den Schleusen zu schwimmen. Wie sollte er übrigens die Schleuse bedienen, ohne zu wissen, wo der Mechanismus lag?

Er tastete sich am Felsen entlang, erreichte die überfluteten Stufen und gelangte auf den Pfad.

Der Aufstieg war unendlich mühselig. Er blieb plötzlich stehen: in der Ferne blitzte ein schwaches Licht durch den Nebel.

Wo? Das war unmöglich festzustellen. Auf dem See? Oben auf den Klippen. Jedenfalls kam es von gegenüber, also etwa aus der Umgebung des Engpasses, von der Stelle, woher die Banditen geschossen und wo sie sich wahrscheinlich häuslich niedergelassen hatten. Von der Grotte aus konnte man das nicht sehen; daran konnte man zunächst ihre Gegenwart, gleichzeitig aber auch ihre Vorsicht feststellen.

Raoul zögerte. Sollte er den Landweg wählen? Womöglich durch die Umwege und Windungen das Licht aus den Augen verlieren? Der Gedanke an Aurelie beschleunigte seinen Entschluss. Er kletterte wieder hinunter und warf sich mit einem Sprung ins Wasser.

Er glaubte, dass er unterliegen würde. Die qualvolle Kälte schien ihm unerträglich. Obwohl der Weg nicht länger als etwa zweihundert oder zweihundertfünfzig Meter war, war er nahe daran, seinen Plan aufzugeben, so sehr schien ihm sein Vorhaben über jede menschliche Kraft zu gehen. Aber der Gedanke an Aurelie hielt ihn aufrecht.

Er verdoppelte seine Anstrengungen. Das Licht leitete ihn wie ein wohltätiger Stern. Andererseits bedeutete dieses Licht, dass Jodot und Guillaume auf ihrer Hut waren. Vielleicht überwachten sie den See und den Weg, auf dem sie angegriffen werden konnten ...

Als er näher kam, fühlte er sich besser. Das lag sicher an seiner Muskeltätigkeit. Der Stern wurde größer und spiegelte sich im See.

Er schwamm seitwärts aus dem Hellen heraus. Soweit er es beurteilen konnte, befand sich das Lager der Banditen auf einem Vorsprung oberhalb des Eingangs zum Engpass. Er stieß gegen Klippen, dann stieg er über einen Strand mit Kieselsteinen an Land.

Über seinem Kopfe, aber nach links hinüber, hörte er Stimmen. Welche Entfernung trennte ihn von Jodot und Guillaume? Eine Steilmauer oder sanft ansteigender Hang? Keinerlei Anhaltspunkt. Er musste den Aufstieg auf gut Glück versuchen.

Zunächst rieb er sich Beine und Brust mit kleinen Kieselsteinen. Dann drückte er seine durchnässten Kleidungsstücke aus, zog sie wieder an und machte sich auf den Weg.

Es handelte sich weder um eine Steilmauer noch um einen sanft ansteigenden Hang. Felsschichten lagen gleich Zyklopenbauten übereinander. Man konnte also klettern. Allerdings war das Wagnis groß, denn man fand keinen Anhaltspunkt, die

Pflanzen rissen aus. Die Stimmen oben wurden immer deutlicher.

Am hellen Tage hätte Raoul dieses Wagnis niemals unternommen. Aber das ununterbrochene Ticktack seiner Uhr trieb ihn unwiderstehlich vorwärts; jede Sekunde schlug an sein Ohr. Es musste gelingen! Und es gelang. Plötzlich gab es kein Hindernis mehr. Ein Stück Rasen krönte das Gebäude. Ein matter Schimmer schwamm gleich einer weißen Wolke im Schatten.

Vor ihm lag eine Senkung; gegen den einen Rand lehnte sich eine baufällige Hütte. An einem Baumstumpf hing eine rauchige Laterne.

Am entgegengesetzten Rande kehrten ihm zwei Männer den Rücken; sie lagen auf dem Bauche und beobachteten den See. Revolver und Gewehre lagen schussbereit zur Hand. Neben ihnen stand eine elektrische Taschenlampe, deren Licht Raouls Leitstern gewesen war.

Er sah nach der Uhr und erbebte. Die Expedition hatte fünfzig Minuten in Anspruch genommen – viel mehr, als er gedacht hatte.

Er kroch auf die Hütte zu; das hohe Gras deckte ihn. In einer Entfernung von etwa zwölf Metern unterhielten sich Jodot und Guillaume in aller Ruhe; er konnte sie hören, aber er konnte kein Wort verstehen.

Raoul war ohne bestimmten Plan gekommen. Er wollte sich nach den Verhältnissen erkundigen. Da er keine Waffe besaß, hielt er es für gefährlich, einen Kampf zu beginnen, der letzten Endes nur zu seinem Nachteil ausgehen konnte. Außerdem brauchte Jodot, selbst wenn er unterliegen sollte, ihm doch keineswegs das Geheimnis auszuliefern, wie der Überschwemmung Einhalt geboten werden konnte. Wozu also?

Er kroch weiter, unendlich vorsichtig; vielleicht konnte er etwas hören. Er kroch erst zwei, dann drei Meter heran. Er selbst hörte nicht einmal das Geräusch seines Körpers, der den

Erdboden streifte; so gelang es ihm, bis an einen Punkt zu gelangen, wo er alles verstehen konnte.

Jodot sagte:

»Mach dir doch keine Sorgen, zum Kuckuck! Als wir an der Schleuse waren, hatte das Niveau den Strich fünf erreicht, der der Decke der Grotte entspricht. Da sie nicht fliehen konnten, ist die *Sache* schon in Ordnung. Das steht fest, wie zweimal zwei vier ist!«

»Immerhin«, wandte Guillaume ein, »man hätte sich in der Nähe der Grotte postieren und von dort aus beobachten sollen.«

»Warum nicht gar! So geht es ausgezeichnet! Da wir die Hefte des alten Talençay erwischt haben, war die Geschichte mit der Überschwemmung ein ausgezeichneter Einfall ...«

»An den armen Teufel wage ich gar nicht zu denken«, sagte Guillaume verstört. »Mein Gott, musste denn auch das Verbrechen begangen werden?«

»Sollten wir vielleicht deswegen die ganze Sache im Stich lassen? Glaubst du vielleicht, dass ein Kerl wie Limézy dir seinen Platz um deiner schönen Augen willen abtritt? Du kennst ihn doch besser als ich! Dir hat er doch den Arm gebrochen! ... Genau so hätte er dir das Genick gebrochen!«

»Aber Aurelie?«

»Die beiden sind eins. Fasst man den einen, trifft man auch den anderen.«

»Die Arme ...«

»Was ist denn los? Willst du den Schatz – ja oder nein? Den kann man aber solchen Burschen nicht abjagen, indem man ruhig seine Pfeife raucht!«

»Aber ...«

»Hast du denn nicht das Testament des Marquis gelesen? Aurelie ist die Erbin seines gesamten Besitzes in Juvains ... Was hättest du getan? Wolltest du sie vielleicht heiraten? Dazu gehören zwei, mein Junge ...«

»Was soll nun werden?«

»Das werde ich dir ganz genau sagen: morgen wird der See seine frühere Gestalt annehmen. Übermorgen, nicht früher, denn der Marquis hat es ihnen ausdrücklich verboten, kommen die Hirten wieder. Man findet den Marquis infolge eines Sturmes tot in einer Schlucht des Engpasses, ohne dass jemand auf den Gedanken kommen kann, dass eine hilfreiche Hand ihm einen kleinen Stoß gegeben hat, durch den er das Gleichgewicht verloren, hat. Die Erbfolge ist offen. Ein Testament ist nicht vorhanden, denn das besitze ich. Keine Erben, denn er hat keine Angehörigen. Folglich fällt der Besitz an den Staat. In einem halben Jahr wird er zum Verkauf ausgeboten. Wir kaufen ihn.«

»Und das Geld dazu?«

»Muss in einem halben Jahre aufgetrieben werden«, sagte Jodot. »Für jemanden, der nichts weiß, ist der Besitz sowieso wertlos.«

»Und etwaige Verfolgungen?«

»Gegen wen?«

»Gegen uns.«

»Weshalb?«

»Wegen Aurelie und Limézy.«

»Limézy? Aurelie? Ertrunken, verschwunden, unauffindbar.«

»Unauffindbar! Man wird sie in der Grotte finden ...«

»Nein, denn wir werden morgen Vormittag hingehen und sie mit zwei schönen schweren Steinen auf den Grund des Sees senden. Nie gesehen!«

»Und Limézys Auto?«

»Nachmittags machen wir uns damit auf den Weg, sodass niemand wissen wird, dass er überhaupt hergekommen ist. Man wird annehmen, dass sich das Mädchen von ihrem Liebhaber hat entführen lassen und dass sie beide in der Weltgeschichte umherreisen. Das ist mein Plan. Was sagst du dazu?«

»Ausgezeichnet, alte Kanaille!« sagte eine Stimme in ihrer Nähe. »Die Sache hat nur noch einen Haken!«

Sie drehten sich entsetzt um. Ein Mann hockte auf türkische Art auf dem Boden und wiederholte:

»Einen ganz gewaltigen Haken sogar! Denn dieser Plan beruht ganz und gar auf Tatsachen. Wenn die Dame und der Herr aus der Grotte sich nun aber auf die Socken gemacht haben?«

Ihre Hände tasteten nach den Gewehren und nach den Revolvern. Sie fanden nichts.

»Waffen? ... Wozu braucht ihr Waffen?« fragte die gleiche Stimme spöttisch weiter. »Habe ich denn Waffen? Ich habe ein nasses Hemd und eine nasse Hose – das ist alles. Waffen? Unter so anständigen Leuten, wie wir es sind!«

Jodot und Guillaume rührten sich nicht. Jodot wusste, dass es nur der Mann aus Nizza sein könne. Guillaume erkannte den Mann aus Toulouse.

»Ja, ja, der Strich fünf entspricht der Deckenhöhe der Grotte! Wir sind heil und gesund! Das gnädige Fräulein ist in Sicherheit. Was kümmert uns die alte Grotte! Wir können also miteinander reden. Aber schnell. In fünf Sekunden muss alles erledigt sein, nicht wahr?«

Jodot schwieg. Er schien fieberhaft nach einem Ausweg zu suchen.

Raoul sah nach der Uhr. »Mein Gott!« Aber er sprach, als hätte er nicht die geringste Veranlassung, sich zu beeilen:

»Dein Plan ist ins Wasser gefallen. Aurelie ist nicht tot. Sie erbt. Folglich gibt es keinen Verkauf des Besitzes. Tötest du sie, so kaufe ich. Und mich wirst du ja wohl nicht zu töten versuchen. Aber es gibt einen Ausweg.«

Jodot antwortete nicht. Raoul fuhr fort:

»Ich brauche dich nicht – glaub' nur das nicht! Aber ich will meine Ruhe haben und nicht eines Tages einen schlimmen Streich von dir zu befürchten haben. Du verfolgst deinen Plan seit vielen, vielen Jahren. Dir waren alle Mittel recht, Mord mit einbegriffen. So hast du dir ein gewisses Anrecht auf den Schatz erworben. Dir ist doch klar, dass es sich um ein großes Geschäft handelt, das erst aufgezogen werden muss, um eine ziemlich umständliche Ausbeutung? Gut. Ich will dir deinen Anteil abkaufen? Ich biete dir fünftausend Francs im Monat.«

»Für alle beide?«

»Fünftausend für dich ... und zwei für Guillaume.«

Guillaume sagte:

»Einverstanden.«

»Und du, Jodot?«

»Vielleicht«, sagte Jodot, »aber ich brauche eine Garantie oder einen Vorschuss.«

»Für ein Vierteljahr im voraus, ist dir das recht? Morgen drei Uhr treffen wir uns in Clermont-Ferrand auf der Place Jaude. Dort bekommst du den Scheck.«

»Natürlich«, sagte Jodot misstrauisch, »und dann lässt mich der Baron de Limézy verhaften!«

»Nein, denn dann würde man mich auch verhaften!«

»Sie?«

»Das will ich meinen! Und es wäre gar kein schlechter Fang!«

»Wer sind Sie denn?«

»Arséne Lupin.«

Der Name wirkte. Jetzt konnte sich Jodot das Scheitern seiner Pläne erklären.

Raoul wiederholte:

»Du siehst also, wir müssen uns verständigen. Ich habe dich in der Hand. Du hältst mich auch in der Hand – also einigen wir uns! Ich hätte dir vorhin eine Kugel in den Kopf jagen können. Ich mache mir lieber einen Verbündeten aus dir. Also, schlag ein!«

Jodot beratschlagte leise mit Guillaume. Dann sagte er:

»Wir sind einverstanden. Was wollen Sie?«

»Ich? Gar nichts! Ich will meinen Frieden und will gern dafür bezahlen. Wir werden Teilhaber. Wenn du auf deinen Teil zu der Transaktion auch etwas beitragen willst, bitte, ganz wie du willst. Besitzest du Dokumente?«

»Sehr wichtige sogar. Die Anweisungen des Marquis, die sich auf den See beziehen.«

»Gewiss, denn du hast ja die Schleusen schließen können. Sind diese Anweisungen sehr genau?«

»Fünf vollgeschriebene Hefte.«

»Hast du sie bei dir?«

»Ja, und das Testament auch.«

»Gib her.«

»Morgen gegen den Scheck«, sagte Jodot sehr ruhig.

»Da hast du wieder recht. Morgen gegen den Scheck. So, geben wir uns die Hand, der Vertrag ist unterzeichnet! Auf Morgen!«

Die Unterredung war beendet. Trotzdem sollte die eigentliche Schlacht erst geschlagen werden. Alles war unwichtig – wichtig war nur die Frage nach den Abflussstellen. Würde Jodot davon sprechen?

Raoul sagte ganz obenhin:

»Ich hätte ›die Sache‹ ganz gern einmal gesehen. Könnte man nicht die Abflüsse öffnen, solange ich noch hier bin?«

Jodot entgegnete:

»Nach den Aufzeichnungen des Marquis dauert es mindestens sieben bis acht Stunden, bis alles abgeflossen ist.«

»Dann öffne sie doch gleich. Morgen früh kann dann jeder von seiner Seite ›die Sache‹ sehen. Es ist doch ganz in der Nähe? Unter uns, nicht wahr? In der Nähe der Schleuse?«

»Jawohl.«

»Führt ein direkter Weg dorthin?«

»Jawohl.«

»Weißt du mit der Handhabung Bescheid?«

»Ganz leicht – steht ausführlich in den Heften.«

»Gehen«, schlug Raoul vor, »ich helfe dir ...«

Jodot stand auf und nahm die elektrische Lampe. Er hatte keinen Verdacht. Guillaume folgte ihm. Im Vorbeigehen sahen sie die Gewehre, die Raoul an sich gezogen und weiter entfernt wieder niedergelegt hatte. Jodot warf eines über die Schulter, ebenso Guillaume.

Sie gingen hinunter. Nach einigen Windungen ging Jodot in eine vorspringende Felsenausbuchtung am Ufer des Sees hinein. Er schob einige große Steine beiseite: man sah vier eiserne Griffe, an denen Ketten hingen; diese Ketten liefen in Röhren.

»Hier ist es, unmittelbar neben dem Mechanismus für die Schleuse. Die Ketten setzen die großen Verschlüsse in Bewegung.«

Er zog an dem einen Griff. Raoul tat das gleiche. Er fühlte, wie sich am anderen Ende der Kette der Deckel hob. Die beiden anderen Griffe wurden ebenfalls in Bewegung gesetzt. Im See bildeten sich in einiger Entfernung kleine Strudel.

Raouls Uhr zeigte neun Uhr fünfundzwanzig. Aurelie war gerettet.

»Leih mir dein Gewehr«, sagte Raoul. »Oder nein, schieß' selbst ... zwei Schüsse.«

»Wozu?«

»Es ist ein Signal.«

»Ein Signal?«

»Jawohl. Ich habe Aurelie in der Grotte gelassen, die schon vollkommen überschwemmt war. Du kannst dir ihr Entsetzen vorstellen. Ich habe, als ich sie verließ, versprochen, dass ich ihr ein Zeichen gebe, sobald die Gefahr behoben sein würde.«

Jodot war sprachlos. Raouls Kaltblütigkeit imponierte ihm. Er kam gar nicht auf den Gedanken, seine Überlegenheit auszunutzen. Die beiden Schüsse donnerten über das Wasser, und Jodot fügte hinzu:

»Vertrauen gegen Vertrauen: hier sind die Hefte und das Testament.«

»Ausgezeichnet«, rief Raoul, und steckte die Dokumente zu sich. »Aus dir werde ich schon etwas machen ... Brauchst du das Boot hier?«

»Nein.«

»Vielleicht kann ich so am bequemsten zu Aurelie zurück. Ja, noch einen Rat: lasst euch hier in der Gegend nicht mehr sehen. Ich würde an eurer Stelle noch heute Nacht nach Clermont-Ferrand verschwinden ...«

Er stieg in das Boot. Jodot machte die Haltekette los. Raoul ruderte hinaus.

Die zweihundertfünfzig Meter hatte er bald zurückgelegt. Er stellte die Laterne auf den Vorderteil des Bootes und war in wenigen Minuten in der Grotte.

Die Hängematte hing immer noch von einer Wand zur anderen; Aurelie schlief friedlich; sie hatte ihrer Müdigkeit nachgegeben; vielleicht hatte sie die beiden Schüsse noch gehört. Jetzt jedenfalls schlief sie tief und fest und war durch nichts zu wecken ...

Als sie am nächsten Tage die Augen öffnete, sah sie in der vom Tageslicht und von einer Laterne beleuchteten Grotte die überraschendsten Dinge. Das Wasser war abgeflossen. In einem Boot, das an der einen Wand lag, schlief Raoul, der sich aus dem Kleidervorrat des Marquis einen alten Hirtenmantel und eine Leinenhose angezogen hatte.

Sie sah ihn lange an. In ihrem Blick lag Liebe – und Neugier. Wer war dieser sonderbare Mensch, dessen Handlungen stets wie Wunder anmuteten? Sie hatte ohne jede Verwirrung übrigens gehört, wie Marescal ihn Arsène Lupin genannt hatte. Sollte Raoul wirklich Arsène Lupin sein?

Raoul erwachte. Er sagte ihr fröhlich »Guten Morgen« und meinte ohne jede Erklärung:

»Ich habe gewaltigen Hunger. Nachher zeige ich dir dein Königreich, denn du besitzest ein Königreich ...«

Sie fragte nicht weiter. Was war aus Jodot und Guillaume geworden? Hatte man Nachrichten vom alten Marquis de Talençay? Sie ließ sich führen und wollte gar nichts wissen ...

Kurze Zeit darauf gingen sie beide hinaus. Aurelie lehnte ihren Kopf gegen seine Schulter und sagte erschüttert:

»Ja ... ja, das habe ich damals am zweiten Tage gesehen ... als ich mit meiner Mutter hier war ...«

XIV. Der Jungbrunnen

Ein seltsamer Anblick! Unter ihnen in einer tiefen Arena, aus der das Wasser abgeflossen war, erstreckten sich über das ganze, von den ehemaligen Uferfelsen eingefassten Gelände, endlos viele Ruinen und alte Tempel mit angenagten Stufen und zerbrochenen Säulen. Die Häuser hatten keine Giebel und keine Dächer. Da stand ein Wald; die Bäume hatte ein Blitz enthauptet; es waren armselige Stümpfe, aber sie hatten noch den edlen Reiz des Lebens. Von ganz hinten kam die römische Heerstraße, die Triumphstraße, an deren Rand zerborstene Statuen und symmetrische Tempel standen, bis ans Ufer und endete in der Grotte, in der die Opfer stattfanden.

All das war feucht und funkelte; stellenweise waren die Ruinen mit Schlamm bedeckt; man sah Versteinerungen, dazwischen blitzte ein Stück Gold oder Marmor in der Sonne auf. Rechts und links verliefen zwei silberne Streifen: die Wasserfälle hatten ihr steinernes Bett wiedergefunden.

»Das Forum ...«, sagte Raoul, »das Forum ... ungefähr die gleichen Dimensionen und die gleiche Anlage. Die Papiere des alten Marquis enthalten einen Plan und Erklärungen, die ich heute Nacht studiert habe. Die Stadt Juventia lag unter dem großen See. Unter diesem wieder lagen die Thermen und die den Göttern der Gesundheit und der Kraft geweihten Tempel; alle lagen im Kreise um den Tempel der Jugend, dessen Säulenhalle man von hier aus sehen kann.«

Er fasste Aurelie um die Hüfte und ging mit ihr den Weg hinunter. Die großen Steinfliesen waren schlüpfrig. Moos und Wasserpflanzen wechselten mit feinem Kies ab, in dem bisweilen ein Geldstück zu sehen war. Raoul hob zwei davon auf; sie trugen das Bildnis des Konstantin.

Dann kamen sie an das kleine, der Jugend geweihte Tempelchen. Auch die Überreste waren köstlich; man konnte sich mühelos den zierlichen Bau vorstellen: über einige Stufen gelangte man zu einem Bassin, in dessen Mitte vier pausbäckige und dralle Kinder ein Gefäß hielten, über dem sich die Statue der Jugend aufrichtete. Große Bleiröhren, die früher wohl nicht zu sehen gewesen sein mochten und die irgendwo her von der Klippe zu kommen schienen, tauchten aus dem Bassin auf. Am Ende der einen Röhre befand sich ein erst kürzlich angelöteter Hahn. Raoul drehte ihn auf. Ein lauwarmer Strahl mit etwas Schlamm floss heraus.

»Das Verjüngungswasser«, sagte Raoul. »Diese Flüssigkeit befand sich in der Flasche unter dem Kopfkissen deines Großvaters. Und das Etikett enthielt die Analyse.«

Zwei Stunden spazierten sie durch die Fabelstadt. Um sechs Uhr riefen die Glocken von Clermont-Ferrand zum Hochamt. Aurelie und Raoul waren bis zum Eingang des Engpasses gelangt. Die beiden Wasserfälle drangen dort ein, liefen rechts und links von der Triumphstraße weiter und stürzten in die vier offenen Abflusslöcher.

Raoul schloss sie; dann drehte er langsam am Schleusenwerk, um die Türen nach und nach zu öffnen. Das Wasser sammelte sich sofort, der große See ergoss sich in breiter Ebene, und die beiden Wasserfälle sprangen aus ihren steinernen Betten. Sie gelangten auf den schmalen Weg, den Raoul am Vorabend mit den beiden Banditen gegangen war, und sahen von dort aus, wie schnell das Wasser stieg.

»Ein magischer Brunnen«, sagte Raoul, »so hat es auch der Marquis genannt. Außer den Elementen der Wasser von Royat enthält er so kräftigende Bestandteile, dass man ihn wirklich einen Jungbrunnen nennen kann, eine Wirkung, die auf seine eminente Radioaktivität zurückzuführen ist. Die reichen Römer kamen im dritten und vierten Jahrhundert hierher, um sich zu kräftigen, und der letzte Prokonsul der Provinz Gallien wollte nach dem Tode des Kaisers Theodosius und dem Zusammenbruch des Reiches die Wunder von Juventia vor den Augen und den Unternehmungen der barbarischen Eindringlinge verbergen. Unzählige Inschriften weisen darauf hin.

Jahrhunderte sind inzwischen vergangen, fünfzehn Jahrhunderte! Und all das wäre auf ewig verborgen geblieben, wenn dein Großvater nicht eines Tages bei einem Spaziergange durch den Besitz seines Freundes den Schleusenmechanismus entdeckt hätte. Die beiden Freunde tasten, suchen, grübeln. Man macht Wiederherstellungsarbeiten. Und das Wunder ist vollbracht.

Das ist alles, Aurelie, und das alles hast du mit sechs Jahren gesehen. Als dein Großvater gestorben war, hat der Marquis seinen Besitz Juvains nicht mehr verlassen und sich mit Leib und Seele der Wiedererweckung der unsichtbaren Stadt gewidmet. Mit seinen beiden Hirten hat er sein Werk unermüdlich verbessert. Und dieses wunderbare Geschenk hat er dir zugedacht. Es bringt dir nicht nur ein ungeheuerliches Vermögen, denn der auszubeutende Brunnen ist wirksamer als die von Royat und Vichy, sondern eine Anhäufung von Kunstschätzen, die einzigartig ist.«

Aurelie schwieg. Er fühlte schließlich, dass sie mit ihren Gedanken abwesend war und fragte sie. Endlich sagte sie leise:

»Wissen Sie denn auch, was aus dem Marquis de Talençay geworden ist?«

»Nein«, sagte Raoul, der sie nicht betrüben wollte, »aber ich glaube, er ist zu Hause im Dorf geblieben, vielleicht ist er krank ... oder er hat die Verabredung vergessen ...«

Eine schlechte Ausrede. Aurelie schien sich auch mit ihr nicht zufriedenzugeben. Sie schien die Wahrheit zu ahnen.

»Gehen wir«, sagte sie.

Sie gingen bis zu der zerstörten Hütte hinauf, wo die Banditen die eine Nacht gehaust hatten. Von dort aus wollte Raoul bis zur hohen Mauer und bis zu dem Ausgang gehen, durch den die Hirten den Besitz verlassen hatten.

Aber als sie um den nächsten Felsen bogen, machte sie Raoul auf ein ziemlich umfangreiches Paket aufmerksam; auf einen Sack, der am Rande der Klippe lehnte.

»Man könnte meinen, er bewegt sich«, sagte sie.

Raoul sah hin, bat Aurelie um einige Minuten Geduld und eilte hinunter. Als er den Sack fassen konnte, griff er mit der Hand hinein: zuerst kam der Kopf, dann der Körper eines Kindes zum Vorschein. Raoul erkannte den kleinen Helfer von Jodot, der die Flasche hatte suchen helfen.

Das Kind schlief ziemlich fest. Mit einem Schlage konnte Raoul das Rätsel lösen, das ihn gequält hatte, und er schüttelte den Jungen heftig:

»Lausbub! Du bist uns also nachgeschlichen? Jodot hat dich im Koffer hinten am Automobil versteckt, nicht wahr? So bist du mit uns nach Clermont-Ferrand gefahren und hast dann eine Karte geschickt, was? Gestehe, oder du bekommst ein paar Ohrfeigen!«

Der Junge verstand nicht recht, was mit ihm geschah, sein lasterhaftes Jungengesicht wurde bleich, und er stammelte:

»Ja, Tonton wollte das ...«

»Tonton?«

»Jawohl, Onkel Jodot.«

»Und wo ist dein Onkel jetzt?«

»Heute Nacht sind wir alle drei fortgegangen, aber dann sind wir noch einmal zurückgekommen.«

»Und?«

»Und heute Morgen sind sie da hinuntergegangen; als das Wasser verschwunden war, haben sie überall gesucht und allerlei mitgenommen.«

»Vor mir?«

»Vor Ihnen und dem Fräulein. Als Sie die Grotte verließen, haben sie sich hinter einer Mauer verborgen, da ganz hinten, noch hinter der Grotte. Ich sah alles von hier aus; Tonton hatte gesagt, ich solle hier warten.«

»Und wo sind die beiden jetzt?«

»Ich weiß nicht. Es war so heiß, und da bin ich einge- schlafen. Als ich einen Augenblick aufwachte, schlugen sie sich.«

»Sie schlugen sich? ...«

»Ja, wegen eines Gegenstandes, den sie gefunden hatten und der wie Gold glänzte. Ich sah, wie sie beide stürzten ... Tonton hat mit dem Messer zugestochen ... und dann ... dann weiß ich nicht mehr ... ich schlief schon halb ... dann war es, als stürze die Mauer zusammen und begrabe beide unter sich.«

»Was? Was sagst du da?« stammelte Raoul entsetzt. »Wo ge- schah das? Wann?«

»Als die Glocken läuteten ... da ganz hinten ... sehen Sie, da! ...«

Das Kind beugte sich über die Klippe und schrie:

»Oh, das Wasser ist wiedergekommen! ...«

Er dachte nach, dann begann er kläglich zu weinen.

»Wenn das Wasser zurückgekommen ist, konnten sie nicht mehr fort ... dann ist Tonton ...«

Raoul schloss ihm den Mund.

»Schweig! ...«

Aurelie stand mit verzerrtem Gesicht vor ihnen. Sie hatte verstanden. Jodot und Guillaume waren beide, verwundet und unfähig, sich zu bewegen, ein Opfer des steigenden Wassers geworden! Die Steine der zusammengestürzten Mauer lagen auf ihren Leichnamen.

»Entsetzlich!« stammelte Aurelie.

Das Kind weinte stärker. Raoul gab ihm Geld und eine Karte.

»Hier hast du hundert Francs. Nimm den Zug nach Paris und suche diese Adresse auf. Dort wird man für dich sorgen.«

✳

Auf dem Rückwege waren Raoul und Aurelie still. Als sie vor dem Sanatorium standen, mussten sie Abschied voneinander nehmen.

»Trennen wir uns auf einige Tage«, sagte Aurelie. »Ich werde Ihnen schreiben.«

Raoul widersprach:

»Uns trennen? Menschen, die sich lieben, trennen sich nicht.«

»Menschen, die sich lieben, haben von einer Trennung nichts zu befürchten. Das Leben bringt sie immer zusammen.«

Er gab nach, wenn ihm auch recht schwer ums Herz wurde.

Erst eine volle Woche später erhielt er folgenden kurzen Brief:

»Lieber Freund!

Ich bin tief erschüttert. Durch einen Zufall erfahre ich eben vom Tode meines Stiefvaters Brégeac. Selbstmord, nicht wahr? Ich weiß auch, dass man den Marquis de Talençay tot in einer Schlucht aufgefunden hat. Man sagt, ein unglücklicher Zufall. Aber es handelt sich wohl um ein Verbrechen, nicht wahr? Und der entsetzliche Tod von Jodot und Guillaume ... Und die anderen Toten! ... Miss Bakefield ... und die beiden Brüder ...

Ich reise fort, Raoul. Suchen Sie nicht nach mir. Ich weiß selbst noch nicht, wohin ich reisen werde. Ich muss nachdenken, mein Leben prüfen, Entschlüsse fassen.

Ich liebe Sie. Warten Sie und verzeihen Sie mir.«

Raoul wartete nicht. Dieser verwirrte Brief verriet ihm Qual und Unruhe, die gleiche Qual und die gleiche Unruhe, unter der er selbst litt. Es musste etwas geschehen. Und er begann zu suchen.

Vergeblich. Er dachte daran, dass sie sich nach Sainte-Marie zurückgezogen haben könnte; aber er fand sie dort nicht. Er suchte überall und machte alle seine Freunde mobil. Alle Bemühungen waren vergeblich. Verzweifelt fürchtete er, irgendein neuer Feind könnte das junge Mädchen abermals peinigen, und er verbrachte so zwei wirklich qualvolle Monate. Da erhielt er eines Tages ein Telegramm. Sie bat ihn, am nächsten Tage nach Brüssel zu kommen und gab ihm ein Stelldichein am Cambre-Wäldchen.

Raouls Freude kannte keine Grenzen, als er sie lebhaft und entschlossen auf sich zukommen sah. Ihr Gesicht war heiter und von allen bösen Erfahrungen befreit.

Sie gab ihm die Hand.

»Verzeihen Sie mir, Raoul!«

Sie gingen nebeneinander und waren sich so nah, als hätten sie sich niemals voneinander getrennt. Dann begann sie:

»Sie haben es mir selbst einmal gesagt, Raoul, dass zwei Leben sich in mir streiten und dass ich mich nicht entscheiden könne. Nach den beiden Tagen in Juvains war ich nun so feige, dass ich trotz unserer Liebe Abscheu vor dem Leben hatte. Die ganze Geschichte, die Sie mir fast als ein Märchen geschildert hatten, kam mir wie eine Ausgeburt der Hölle vor. Ist das nicht richtig, Raoul? Bedenken Sie nur, was ich alles durchmachen musste! Und was ich sehen musste! Ich will von diesen Dingen nichts wissen! Zwischen der Vergangenheit und mir muss jede Verbindung aufhören! Wenn ich einige Zeit abseits gelebt habe, so geschah es, weil ich fühlte, dass ich dem Abenteuer, das ich allein überlebt hatte, nicht wieder verfallen durfte. Ich will die Dinge, die Jahrhunderte hindurch unsichtbar waren, nicht wiederauferstehen lassen. Ich will nicht. Bin ich die Erbin der Reichtümer und Schätze, so bin ich auch die Erbin der Gewalttaten und Verbrechen, deren Gewicht mich zermalmen würde.«

»Sodass das Testament des Marquis? ...« sagte Raoul und zog das Testament aus der Tasche.

Sie nahm es und riss es in tausend kleine Fetzen.

»Ich sage es nochmals: alles ist zu Ende! Das Abenteuer darf nicht noch einmal beginnen! Ich habe mit solchen Dingen nichts zu schaffen. Ich bin keine Heldin!«

»Was denn?«

»Eine Liebende ... eine liebende Frau, die ihr Leben von vorn beginnen will ... und die es nur um ihrer Liebe willen neu aufbaut und aufgebaut hat.«

»Meine Dame mit den grünen Augen, Sie übernehmen eine schwere Verpflichtung!«

»Schwer für mich, aber nicht für Sie! Wenn ich Ihnen auch mein Leben ganz anbiete, so will ich von Ihrem Leben nur, was Sie mir geben. Behalten Sie Ihr Geheimnis. Sie werden es niemals gegen mich zu verteidigen haben. Ich nehme Sie, wie Sie sind. Ich will nur eins: dass Sie mich solange lieben, wie Sie nur können!«

»Immer, Aurelie.«

»Nein, Raoul, Sie sind kein Mann, der ewig lieben kann, ach, nicht einmal sehr lange. Aber ich will nicht klagen. Auf heute Abend. Kommen Sie in die Oper. Eine Loge ist bereits reserviert.«

Sie trennten sich.

Am Abend ging Raoul in die Oper. Man gab die »Bohême« mit einer neuen Sängerin namens Lucie Gautier.

Lucie Gautier war – Aurelie.

Raoul verstand. Das unabhängige Leben einer Künstlerin macht frei von gewissen Konventionen. Aurelie war frei.

Nach Schluss der Vorstellung suchte er sie in ihrer Garderobe auf. Ihr blonder Kopf neigte sich ihm entgegen ...

ENDE